過去のないαと未来のないΩの永遠

KATAOKA
片岡

CHOCOLAT BUNKO

ILLUSTRATION YOCO

C O N T E N T S

　この日昼過ぎから降り始めた雨は、午後八時になった今もまだ続いている。土砂降りではないが十二月ということもあり、冷たい雨はより気温を下げる。元々人通りが多くない住宅街は悪天候も手伝って、いつもより静かだった。初老の女が一軒の邸宅を訪ねてきたのは、すっかり夜がふけてきた頃である。

「こんばんは」

　女は、喪服に身を包んでいた。黒いワンピースに黒いコート、黒い傘。暗闇に白く浮かび上がる胸元には、パールがある。歳のせいなのだろう。腰が曲がり傘を畳む動作もゆっくりで、出迎えた青年は女性が転ばぬようすぐに玄関灯を点けた。

「ごめんなさいね。こんな夜遅くに」

「とんでもない。足元の悪い中、ありがとうございます」

「本当は式に参列したかったのだけれど、どうしても昼間に出られなくて」

　女は申し訳なさそうに、濡れた傘を玄関先に置き扉を潜る。すると玄関灯で青年の姿がよりはっきり見えたのか、女は「まぁ」と口元に手を当てた。

「素敵な喪服だわ」

　青年は、黒のスーツを身に纏《まと》っている。喪服に素敵という表現は珍しいし、若干《じゃっかん》サイズも合っていない。それでも女は見惚《みほ》れたように、青年の姿を上から下まで眺めた。

「それ、蓮《れん》くんが作ったの？　とても似合っているわ」

「ありがとうございます。急いで合わせたので、少しサイズが大きいままなのですが」

「そうね、少し丈が長いような気がするけれど、でもとても素敵」

目を細め微笑む老女を、青年は中へと通す。いつまでも寒い玄関に留めるのは気の毒だろう。

「どうぞこちらへ」

外からは、ぱたぱたと雨が地を打つ音がする。一人で暮らすには広すぎる家に、その音はいやに大きく響いた。

「では、次のニュースです」

薄緑色のブラウスを着た女性アナウンサーが、カメラに視線を向けたまま原稿を捲《めく》る。

「今日午後二時過ぎ、警視庁による一斉摘発により、十二名の医師が逮捕されました」

午後五時から始まったニュース番組。この馴染みのない現場に最上瑛理《もがみえいり》がいるのは、ゲスト出演するためだった。スタジオの袖の待機椅子に座り、瑛理は出番を待つ。出演予定時間は僅《わず》か五分。だが公演を控えた自身の舞台PRのためとなれば、必要な仕事だ。

「いずれも『側頭葉認知機能操作手術』、いわゆる記憶除去手術の際に思想播植《はしょく》手術を行なった医師法違反の容疑で、同様の一斉摘発は三年前から数えて五度目になります。医師が高額な報酬と引き換えに思想播植手術をすることはかねてより問題になっていますが、今回の一斉摘発で年間の逮捕件数は過去最多となりました」

アナウンサーは一呼吸置くと、隣のコメンテーターに視線を向ける。

「岸田《きしだ》さん、この記憶除去手術ですが、此処《ここ》数年で多くの問題が発生しています」

「はい、メンタルヘルスの一環としてこの手術が普及して二十年になりますが」

岸田と呼ばれた中年のスーツ姿の男は、神妙な面持ちでアナウンサーに応える。

「手術をきっかけに、国民の心の健康は随分促進されたと言えます。しかし一方で、今回のような違法な思想播植や、医師の腕が不十分故の後遺症も問題になっています。今後は規制が入る可能性が十分ありますね」

「規制については、医師から反対の声が多く上がっています」

「私も規制には反対です。問題が起こるとすぐに規制派が出てきますが、手術にはメリットも大きい。メリットとデメリットをしっかり見た上で、慎重に判断すべきです」

側頭葉認知機能操作手術。

瑛理もその手術は知っているが、そのややこしい名より『記憶除去手術』という方が、一般に浸透している。言葉の通り「記憶を消す」ための手術だが、脳にメスを入れるものではない。記憶を司《つかさど》る脳の部位に電気刺激を送り操作するもので、二十年ほど前から自由診療として認められている。

とは言え、複雑なことはできない。あくまでも「特定の記憶に蓋《ふた》をする」もので、記憶の作り替えは不可能だ。悍《おぞ》ましい記憶やトラウマなど健康に影響する部分を封じるだけ。成し得ることは単純だが、しかし多くの人間を救っている。

それが此処数年、よく問題になっている。それはデメリットが明るみになってきたためで、瑛理もこの手術に肯定的ではない。岸田の言う通り、この手術を受けた人間には後遺症の可能性がつきまとう。通常、特定の記憶が封じられれば、脳が整合性をとるために抜けた記憶の穴を埋める。この脳が補完した情報と現実との齟齬《そご》に気づくと、混乱するという。手術した医師の技量によるらしいが、手術件数の増加に伴ってトラブルも増えている。

後遺症に見舞われた人間を、瑛理はつい最近見た。これから番組で宣伝する舞台の共演者で、その男は二週間前に突如症状が現れ、どうにもならず舞台を降板した。台詞《せりふ》が覚えられないばかりか、スケジュールすら解らなくなる。まるで廃人を見ているようで、瑛理はゾッとした。

「ではCMに続いて、ゲストの最上瑛理さんの登場です」

先日の慌ただしい交代劇を思い出していると、アナウンサーがニュースを読み終えた。いよいよ、瑛理の出番になる。

「来週から帝中劇場で始まる企画公演『シェイクスピアの夕べ』について、最上瑛理さんにお話を伺います。最上さん、よろしくお願いします！」

待機席の方に、一台のカメラが向く。

「はい、よろしくお願いします」

笑顔でカメラに手を振り、CMの間にカウンターチェアに移動する。スタッフに質問の一覧を確認されながら、最後の仕上げにと襟元を正す。

本番まで三秒、二秒、一秒。

「では此処からはエンタメ特集です」

明るいアナウンサーの声で、瑛理の出番が始まった。

「今日はモデルで俳優の、最上瑛理さんにお越しいただきました。最上さん、よろしくお願いします」

「はい、よろしくお願いします」

「近くで拝見すると、本当に綺麗なお顔立ちとスタイルで私も緊張します。座っているから解り辛いんですけど、最上さん、本当に足が長いんですよ」

「はは、そんな恐縮です」

アナウンサーの褒め言葉に、瑛理は苦笑する。だがこの手の話をされるのは初めてではなく、アルファと判明した十三年前から何度も言われ続けている。

アルファとオメガとベータ。

そういう男女とは異なる第二の「バース性」が、この世には存在する。十六の誕生日から血液検査を行い、判定が出た段階で戸籍上の第二性も固定される。人によっては判定時期が十七、八になるが、未確定の者は判定が出るまで毎月の検査が義務付けられている。

バース性確定後は、一年程掛けて肉体が作り変わる。だが全ての人間が変わるわけではなく、全体の九割以上を占める「ベータ」は便宜上名があるだけで、肉体の変化はない。

だがアルファとオメガは別だった。この二つは特殊性で、故に特別な扱いを受ける。

まず全体の二パーセントを占めるアルファは、相対的に見て見目が良く丈夫で、優秀な人間が多い。あらゆる業界で重宝され、瑛理のいる芸能界でもアルファ性は幅を利かせている。アルファというだけで羨望の眼差しを受けるのはよくあることで、瑛理も例外ではない。

一八五センチを超える高身長で、瞳と髪はブラウン。最近スタイリストと相談し、前髪を長めにして耳上と襟足を刈り上げた。今日の衣装はダークグレイのシャツに濃い黒のスリムデニム。珍しい格好でもないのに、スタッフは何度も「素敵です」と言った。

対するオメガは、真逆の存在だった。同じく全体の二パーセント程度だが、体が弱く力も弱い。身体能力や頭脳面でも劣っていると言われ、見下され迫害されている。

その主たる理由は「発情期がある」ことだった。オメガは男女問わずアルファの子を孕むことができて、月に一度の発情期がある。これが一番解りやすいバース性の肉体の変化で、発情期のオメガは獣のごとく性への欲求を撒き散らす。

発情期になると、オメガはアルファだけが感じられる強いフェロモンを発し、アルファに交尾を求める。そのオメガフェロモンを前にするとアルファは抗うことができず、オメガに誘惑されればアルファは高確率で交尾を強《し》いられる。それが本当に「セックスするだけ」なら「浅ましいオメガ」と嘲られ終わっただろう。だがそれ以外にも、オメガには社会にとって有害な要素があった。

オメガの寿命は、通常三十年。三十手前で発情期がなくなると同時に、内臓が急速に老化するらしい。だがアルファと交わることでホルモンバランスが安定し、老化が抑止されるという。つまりオメガが寿命を延ばすには、アルファとの性交が必要になる。

問題はアルファはオメガと性交をすることで、寿命を奪われることだった。アルファは体こそ丈夫だが、特別長寿ではない。つまりアルファがオメガに誘われ性交を続ければ、ベータよりも早く死ぬことになる。

フェロモンでアルファを誘惑し、寿命を奪う。

まるで吸血鬼のようなオメガの生態を、アルファだけでなくベータも憎んだ。当然だろう。人の命を奪うことなど許されない。それはオメガのフェロモンを遮断する「抗フェロモン剤」ができてからも同じで、社会はオメガを憎み迫害した。

瑛理も例外ではなく、オメガを忌んでいる。瑛理はその事実を公言しているが、この思想は珍しくない。瑛理の周りでもオメガを好む人間など聞いたことがない。

「では、早速お話をお伺いしたいのですが」

アナウンサーは瑛理に見惚れていた表情を引き締め、インタビューを進める。

「最上さんの出演する舞台『シェイクスピアの夕べ』が来週から始まりますが、まずはこちらの舞台について教えていただけますか？」

「はい、この舞台は――」

この舞台は御歳六十七のベテラン演出家、芳賀英一《えいいち》主催の企画公演である。来週の初演を皮切りに、同じスタッフと演者で、シェイクスピア作品を約半年で三作品公演する。

初回作は『タイタス・アンドロニカス』だが、次回以降は未定だ。三十七の戯曲から芳賀がくじ引きで決めることになっており、次作は一ヵ月後に決まる。準備期間が異常に短い無茶な企画だが、芳賀がエンタメ性を追求し企画したものだった。

「今回の舞台では、最上さんは悪役ディミトリアスを演じていますよね」

『タイタス・アンドロニカス』はシェイクスピア作品の中でも残虐で暴力性が強い。登場人物は皆言語による弁解や哀願の余地を相手に与えず、暴状で相手を捻じ伏せる。瑛理の演じるディミトリアスにも、弟と共に主人公タイタスの娘を強姦し、両手と舌を切り落とす残虐なシーンがある。つまり手で筆記する術を奪い、声で伝える手段も与えない。言葉を封じるという意味では象徴的な役だ。

「残酷なシーンの多い役ですが、役作りにおいて苦労された点はありますか?」

「大きな苦労はなかったですね。悪役って、結構演じるのが楽しいんですよ。普段の自分にはない残虐さや非道さをどう表現していくのかを考えるのも面白いですし、どれだけディミトリアスがヤバい奴だって思われるかが役者としての力の見せ所かなとも思いますし。それに弟役の津野田《つのだ》くんとは元々悪い飲み友達ということもあって、相性もいいですし、お互い最高に悪い兄弟に仕上がったねって話してますよ」

「まぁ、津野田さんとどんな悪いことをしてるんですか?」

アナウンサーは、津野田との関係について幾つか質問する。だが正面のディスプレイに残り時間が表示されると、予定していた最後の質問に切り替えた。

「ところで、最上さんは最近CMや映画など活躍の場を広げていますが、主な活動の場は舞台にしていますよね。テレビドラマへの出演を望まれるファンの方も多いと思いますが、今後の活動の主軸もやはり舞台なのでしょうか」

「ありがたいことに色々なところからお仕事の話を頂いているのですが」

確かに此処数年、様々な分野から声が掛かっていた。マネージャーはテレビに出したがっているが、瑛理はあえてセーブしている。

「やはり舞台が好きなので、今後も舞台中心に活動するつもりです。もちろん可能性を狭めるようなことはしたくないので、色々なことにチャレンジしたいと思ってはいますが」

「最上さんの舞台への強いこだわりは、何処《どこ》から来るものなのでしょう?」

「ある演出家の方の生の舞台を初めて見た時、震えるほど感動したからですね。テレビや映画にはない、直接だからこそ伝えられる感動というか、そういうものを僕も誰かに伝えたいと思っています。もちろん今回の『シェイクスピアの夕べ』も、そのいい機会だと思っています。なので普段は舞台に興味がないという方にも、是非劇場まで足を運んでいただきたいですね」

「ありがとうございます！　では、来週からの公演の情報はこちらでチェックを――」

予定の時刻、予定の締めの言葉で瑛理の出番が終わる。すぐに切り替わったカメラに、瑛理は仕事用の表情を解いた。

同時に、マネージャーの与良《よら》が駆け寄ってくる。大きな丸眼鏡を掛け直しながら、与良はスケジュール帳をペラペラと捲った。

「瑛理さん、すぐ車を回します。此処からなら十五分で着きますから。急いでください」

瑛理は頷いて立ち上がると、セットしていた髪をぐしゃりと手で崩す。この後、舞台の通し稽古《げいこ》が控えている。今テレビ局を出れば、予定時刻には十分間に合うだろう。

＊＊＊

初演まであと五日。舞台の準備は着々と進められている。この日は最終幕の通し稽古で、二日後にはリハーサル、三日後にゲネプロを迎える。

くじ引きで決めた演目を大急ぎで作り上げるから、かなり舞台に慣れた役者とスタッフでなくては成り立たない。そのため関係者は、演出家芳賀のお気に入りで固められている。

与良の運転する車に揺られて十五分間。その間に、瑛理は台本を読み直した。台詞は頭に入っている。それでも赤ペンで書き込んだメモを読み返して、細かい演技を復習する。

此処五年で、瑛理はメディア露出が増えた。十年前、オーディションで勝ち取った舞台の主演が当たり役で、それ以降仕事が途切れたことはない。テレビに出るようになってからは人気は右肩上がりで、今まで舞台に興味のなかった層のファンも増えた。

だが瑛理は今の人気に胡坐《あぐら》をかくつもりはない。「最もセクシーなアルファ俳優」などと煽りをつけられたこともあるが、元々アルファの多い芸能界では差別化要素にならない。ベータの良い俳優もいくらでもいるし、自分にまだ伸び代があるとも思いたい。

やがて、車は地下駐車場に入る。与良は瑛理を入館口で降ろし、先に行くよう促した。瑛理は駆け足で楽屋に向かい、稽古着のTシャツに着替えて部屋を出る。

「遅くなりました」

舞台袖に向かうと、既に大半の役者とスタッフがいた。予定時間より十分ほど早い。全員が揃うまで、各々《おのおの》が細かな部分を確認したりストレッチをしたりしている。瑛理も稽古前に身体を温めようと思ったが、その前に大道具スタッフに声を掛けられた。

「ちょっといいですか？　この前確認いただいた、このシーンの踏み台ですが」

スタッフは台本を開き、該当シーンを指す。二日前の稽古で、大道具の階段で転びそうになった。暗がりで見えなかったためだが、その改修をしてくれたらしい。

「蛍光テープを貼ったので、見えやすくなったと思います。念の為実物の確認を――」

スタッフに連れられ、瑛理は確認に向かおうとした。だが足を進めたところで、聞き覚えのある声が舞台袖まで響いてきた。

「どういうことですか！」

与良の声だった。普段落ち着いていて静かな男が、珍しく声を荒げている。

瑛理はスタッフに断りを入れて、声のした大道具通路へ向かう。見れば与良は衣裳スタッフの男を捕まえて、何やら揉めていた。

「何なんだ」

今は通し稽古の直前で、揉め事に首を突っ込んでいる場合ではない。だが与良が騒ぐのだから、何かしら瑛理に関わることなのだろう。

「何かあったのか？」

「瑛理さん！　どうもこうも……」

与良は焦った表情のまま、瑛理に駆け寄ってくる。

「瑛理さんの衣裳が、何者かに破損させられていたようで」

「切り裂かれていたんですよ」

与良と話していた男が続ける。

「さっき、ラヴィニアの衣裳の直しがあって衣裳保管室に取りに入ったんですけど、そしたらディミトリアスの衣裳にザクザク鋏《はさみ》を入れた跡がありまして。今修復中なんです」

さして慌てた風もない男に、与良は憤りを隠さない。

「何を悠長な……本番直前なんですよ。管理はどうなってるんですか。大体、どうして瑛理のものだけが――」

「ナァニを大声で騒いでんだ」

与良の声を遮って、別の男が話に入ってきた。面倒そうにスリッパで歩いてくるこの無《ぶ》精髭《しょうひげ》の中年男を、瑛理は知っている。長身のため、遠くにいても威圧感がある。

この企画舞台の衣裳責任者、榊正敏《さかきまさとし》。著名な演出家から次々に指名が入るほど、この男の手がける衣裳は評判がいい。通常、分業と言われている衣裳制作だが、榊のチームは全員がデザインから縫製までする。総勢二十名のチームは、全体的にレベルが高い。

だが榊が有名なのは、その腕だけではなかった。

極度のアルファ嫌い。それは「アルファを憎んでいる」というよりは、「自分のチームにアルファを入れない」という意で、実力もないくせに何かと優秀風を吹かすアルファが嫌いらしい。

その気持ちが、瑛理も解らなくはない。確かに相対的にアルファには優秀な人間が多いが、アルファ性以外に売りのない者もいる。

榊が面倒そうに瑛理たちのもとまで来ると、与良は恐れを知らずに噛み付いた。

「こんな本番直前に、瑛理の衣裳が切られてたんですよ。彼の話じゃ、意図的だというじゃないですか。騒ぎたくもなります」

「何だ、その話なら、もう修復に入ってる。アイツなら今晩には直し終わるだろうよ。騒ぐほどのことじゃねぇ。ったく堀口《ほりぐち》、本人にいちいち言って余計な不安を煽るなよ」

「すみません、マネージャーさんに衣裳を運ぶところを見られたので、つい」

頭を下げる男に、榊は頭を掻いて溜息を吐く。その榊に、瑛理は疑問を向けた。

「そんなに簡単に修復できるものなんですか?」

榊はちらりと瑛理を見る。

「この方の話では、ザクザク切られていたそうですが」

「鋏で切りゃあ、何でもザクザクだろ」

「それはそうですが、一応状態を確認したいのですが」

適当に誤魔化されている気がして、瑛理は問い詰める。

「誰がやったのかということも気にはなりますが、与良の言う通り、本番まで時間がありません。流石《さすが》にお任せしますで済ますことはできません」

榊は黙った。渋い顔をしたが、申し出を拒絶するわけにもいかないと思ったのだろう。

「言っておくが、すぐに直るモンだ。状態見ていちいち騒ぐなよ」

「勿論です」

騒ぐつもりなどない。本番直前のこのタイミングで、出演者にもスタッフにも余計な心配を掛けられない。榊とて、同じことを思い密かに修復をしようとしたはずである。

「こっちだ」

榊に首で促され、瑛理は後に続く。

この劇場には、衣裳を制作するための部屋などない。案内されたのは、使われていない楽屋の一室だった。その中で、一人の男が衣裳に向き合ってる。

「おい蓮《れん》、本人が衣裳の状態を見たいそうだ」

蓮と呼ばれた青年が、衣裳を握ったまま振り返る。その男を見て、瑛理は固まった。

白い肌。色素の薄い瞳と、さらりとした金色の髪。その髪を後ろでひとまとめに結んでいるため、耳も首元も露わになっている。耳には赤い石のピアス。それだけなら、端整な顔立ちをした男だと思って終わっただろう。だがその手元にある衣裳がどうでもよくなるほどに、瑛理は青年の首にあった首輪に視線を奪われた。

黒く太い、革の首輪。大きさからして、アクセサリーではない。頸《くび》を隠すために装着が義務付けられている、オメガの首輪ということは明白だった。

「は……？」

瑛理は青年──蓮から視線を外し、榊に歩み寄る。

「どういうことです？　こいつ、オメガですか？」

「そうだよ。久瀬《くぜ》蓮だ」

「どうしてこんなところにオメガが……というか、何で俺の衣裳を──」

「騒ぐなって言っただろ。どうしてって、俺のチームスタッフだからだよ。ついでに言うと、今回の舞台でお前含めメインの衣裳を担当してるデザイン責任者でもある」

「はぁ?!」

信じられなかった。瑛理は生まれてこの方、オメガに遭遇したことがない。清掃員や配達員として働くオメガを、遠目に見たことがある程度だ。

「待ってください、どういうことです？　俺の衣裳担当者は、アリサって女性スタッフだったじゃないですか」

「ソイツは蓮のアシスタントだよ。お前がオメガ嫌いだって解ってたから、蓮が代わりに行かせてた」

「じゃあ、俺の衣裳のデザインも制作も、そのオメガがしてたってことですか？」

「そうだよ。ウチじゃ一番腕がいい」

「冗談でしょう。大体、オメガの衣裳担当者なんて聞いたことないですよ」

「安心しろ、お前が聞いたことがないだけだ。現に此処にいる」

「安心できません。オメガの臭いが付いてると思ったら、怖くて衣裳が着れませんよ」

「そりゃ気の毒だな。そんなに嫌なら、裸で舞台に立てばいい。急いで衣裳を修復する必要もなくなるし、こっちとしても都合がいい」

「待ってください、榊さん」

焦った声が、瑛理と榊の会話に割って入る。衣裳を持って立ち上がった、蓮だった。

見た目は、ベータやアルファと変わりない。身長もオメガの割に低い方ではなく、ますますオメガらしさがない。それでも首元で存在感を示す黒い革が視界に入ると、意識しなくても眉間に皺が寄る。それが解っているのか、蓮は瑛理を見ない。

「瑛理さんが怖いと言うのは、もっともです。この衣裳の修復も、アリサさんに任せましょう。俺がやらなくても、アリサさんなら――」

「どこが『もっとも』なんだよ。全然もっともじゃねぇし、お前のが腕がいいだろうが」

蓮の交代の申し出を、榊は即却下する。

「じゃなきゃ、お前にこの仕事を任せてない。それとも、お前はそんな中途半端な気持ちでこの仕事を受けたのか？」

鋭い目で、榊は蓮を睨《にら》みつける。蓮は無言だったが、やがて「いえ」と首を振った。

「そういうことだ」

榊は話を終わらせた。自分が決めたのだから、蓮も瑛理も従えということだろう。

当然、瑛理に不満はある。「そういうことだ」の一言で納得できるはずがない。だが瑛理はこれ以上の文句をやめた。舞台は一人で作るものではない。今は衣裳を元に戻すのが先決だし、通し稽古もある。万一蓮が修復できなければ、その時に文句を言えばいい。

その場を諦め廊下に出て、瑛理は稽古場へ急ぐ。他の役者は集合しているだろう。自分のせいで待たせるわけにはいかないと、足速になる。しかし、瑛理は呼び止められた。

「ディミトリアスの衣裳のことですけど」

振り返ると、先ほど与良と揉めていた堀口という男が立っている。

「何だ？」

「初めてじゃないんですよ。前にも似たようなことがあったんです」

堀口は嫌な笑みを浮かべ、肩を竦める。

「どういう意味だ」

「蓮ですよ。今回のメインデザイナーは社内コンペで決まったんですけど、榊さんの贔屓《ひいき》だろうって、結果に納得してない奴が多いですから。嫌がらせでしょう」

「やったのは身内なのか？」

「監視カメラ潜ってやれる奴なんて、身内以外になくないですか？」

「アンタも関わってるのか？」

「まさか。俺はそこまで落ちぶれてませんよ。蓮が気に食わないのは確かですけどね」

堀口はおどけてみせ、ひらひらと手を振って瑛理に背を向ける。

何とも言えない、嫌な気分になった。自分の衣裳が破損しただけでも気分が悪いのに、その衣裳をオメガが手掛けていたという事実も悍ましい。オメガに仕事を任せる榊も理解できないし、私怨で舞台を台無しにしようとするスタッフがいることにも腹が立つ。

これも全て、オメガを雇っている榊のせいだ。気に入って手元に置いているにしても、もっとオメガ向きの人目につかない労働をさせればいい。本人の能力にそぐわない仕事をさせているから、余計な不和を生んでいる。

本当に本番までに、衣裳が直るのかも怪しい。もし明日になっても修復されていなければ、演出家に直接文句を言わなければならない。

だが瑛理の憂慮に反し、衣裳は翌日には綺麗に修復されていた。

黒をベースにして赤い帯をいくつも流した、首元や腹筋を綺麗に見せるカットを大きく入れたデザイン。金を多くあしらい所々にスワロフスキーが付けられ、照明が当たった際に遠くからでも光が強く見える。近くで見るとケバケバしいが、これが舞台に乗ると途端に映える。蛇柄の独特の素材で作られたマントが、悪役らしさを増している。

初めてそのデザインを見た時、瑛理は出来がいいと思った。演出家の要望も瑛理の要望も上手く汲み取り、舞台の世界に溶け込む衣裳に仕上がっている。何より着た時に動きやすく、派手な動きに耐えられ、かつ動いた時に見映えがした。

だから瑛理は気に入っていたが、今は微妙な気持ちになっている。本番まで残り三日。「オメガが作ったなら着ない」と言うつもりはないが、それでも良い気はしない。

「だから間に合うって言ったろ」

元通りになった衣裳を見せる榊に、瑛理は何も返せなかった。オメガの存在に驚きすぎて、切られた衣裳を細かくは見ていない。だが記憶では胸元部分にいくつも切り込みがあった。それをすべてあのオメガが修復したのだろう。

「短い時間で綺麗にしていただいて、ありがとうございます」

「礼なら蓮に言えよ」

（礼どころか、その蓮って奴がいたからこんなトラブルになったんだろ）

そう思うが、瑛理は口にはしなかった。言ったところで、どうせ榊とは折り合わない。

だが礼をと言った割に、周囲に蓮の姿はなかった。オメガ嫌いの瑛理を気遣って、榊が姿を見せないよう指示しているのかもしれない。

そうして、無事舞台は初日を迎えた。

チケットは全ての日程で完売。舞台袖から満席の客席を見ると、気持ちが引き締まる。

舞台はテレビと違って、やり直しがきかない。テレビが数百万人、映画が数十万人に同時に伝わるものだとしたら、舞台で一度に伝えられる人数はせいぜい二千人程度。だが切り取った世界ではなく生であるが故に、伝えられるものも伝わってしまうものもある。その世界が好きで、瑛理は今も舞台を主な仕事の場に選んでいる。

舞台は、一度演じて終わりではない。初日から千秋楽まで、どれだけ理想の役を作り込み舞台を仕上げられるか、常に考えねばならない。昨日より今日、今日より明日。日々の演技を大切にしながら、この公演を乗り切っていく。

しかし演技に集中し切れない事件がまた起きた。三日目の夜の公演を終えた後、また瑛理の衣裳が切られていたのである。見つけたのは、翌日の公演準備をしていたスタッフだった。瑛理が楽屋を出て、帰ろうとしていた矢先のことである。

「勘弁してくださいよ」

「この程度ならすぐに直せる。蓮を呼べ」

瑛理が不満を露にしても、榊は問題ないと一蹴した。だがまたあのオメガに直させるのかと思うと、気が重くなる。

「そのオメガがいるから、こういうことが起きるんじゃないんですか」

「問題を履き違えるなよ。やった奴が悪いに決まってんだろ」

監視カメラも鍵も付いていたが、衣裳部屋は出入りが多く犯人の特定ができない。それに皆オメガを嫌っているから、犯人を知っていても庇っている可能性もある。修復可能な範囲の破損ということもあり、犯人探しより公演の進行を優先させたいのだろう。

「その〝やった奴〟だって、あのオメガがいなかったら悪くならなかったでしょう。いい加減、あのオメガを担当から外してください」

「明日から、お前の衣裳は別の部屋に保管する。それでも納得しないなら、裸で——」

「出ませんよ」

榊の極論にうんざりしていると、やがて蓮が現場に到着した。何かあった時のために、スタッフの待機室にいたらしい。蓮は焦ったような表情で、扉の前に立ち尽くす。走ってきたのだろう息を切らす蓮を一瞥し、瑛理は諦めて溜息を吐いた。

「解りました。明日までに対応してくれるんですよね」

そもそも対応できなければ、榊の首が飛ぶ。いくら演出家が信頼を置いているとは言え、舞台を滅茶苦茶にされれば黙って済まされるはずがない。

「頼みますよ、ほんと」

「必ず、明日の朝までには直します」

「お前に言ってんじゃねぇから。榊さんに言ってんの」

突然会話に割って入った蓮を、瑛理は睨みつける。

だが蓮に怯えた様子はなかった。一礼して榊に駆け寄り、衣裳の確認をしている。

その翌日。朝には衣裳は綺麗に修復されており、元通りになっていた。午後からの公演には問題なく着用でき、瑛理は再び修復された衣裳を着て舞台に立つ。

だが、話はそれで終わらなかった。その後衣裳部屋を移したのちにも、再び瑛理の衣裳が切り裂かれていたのである。見つけたのは公演の日の朝、しかもこれまでより破損が酷く、流石に現場は凍りついた。

「すぐに蓮に直させる。コイツが一番手が早い」

連日、蓮は控室に待機している。万一衣裳に何かあった時に対処するためだが、それにしても「万一」が多すぎる。瑛理はあまりの杜撰《ずさん》な管理に閉口したが、代わりに声を上げたのは与良だった。

「もういい加減にしてくださいよ」

この男は普段穏やかで物腰が柔らかいが、堪忍袋《かんにんぶくろ》の尾が切れたのだろう。

「このオメガがいるから、こういう問題が起きるんでしょう。今すぐ担当から降ろしてください！　大体、オメガが瑛理の衣裳を担当するなんておかしいですよ」

「そっちの役者にも言ったが、蓮が一番腕がいい」

「どんなに腕が良くても、この舞台には相応《ふさわ》しくありません」

「それは俺が決める。この話は芳賀も了承済みだし、芳賀も蓮の仕事に満足してる」

「だとしても、この劇場には入れないでください。瑛理が演技に集中できません」

「オメガの作った衣裳じゃ集中できないってか？」

「そういうわけではありませんが」

与良と榊の言い合いに、瑛理は割って入る。

「こんなに毎度毎度衣裳トラブルを起こされていたら、集中できないのは事実です。俺は、役者だけで舞台を作ってるとは思いません。でもスタッフってのは役者が百パーセントの力を発揮できるよう、役者を支えていくものじゃないんですか？」

本心半分、脅し半分。此処まで言えば榊も折れるだろうと瑛理が返答を待っていると、
榊ではない声が聞こえた。

「必ず衣裳は修復します」

声の方を見ると、蓮がじっと瑛理を見つめている。今まで瑛理に対して直接反論することはなかったが、ついに仕事を降ろされると思い危機感を覚えたのかもしれない。

「舞台には、絶対に影響が出ないよう修復します。だから最後までやらせてください」

「大した自信だな」

元凶となった人間が何を言うかと、瑛理は鼻で笑った。

「今度切られても、またお前が直すって？」

「そのつもりです」

「はっ。案外、お前が犯人なんじゃねぇの？　保管部屋に入れる人間は限られてるだろ」

「俺はそんなこと――」

「お前がいなくなったら、全部解決する」

瑛理は蓮を睨みつける。流石に蓮も怯んで口を噤《つぐ》むだろう。

「出て行けよ」

だが、蓮は臆さなかった。

「二度と、貴方《あなた》の衣裳を誰かに触れさせたりしません。俺が責任を持って、衣裳の監視をします。だから、俺にやらせてください」

「責任を持つって、寝ずの番でもするってか？」

「そのつもりです」

「おい、蓮。いいからお前は早くソイツを直してやれ。時間がない」

榊はギロリと蓮を見る。確かに時間がない。開演まで、もう二時間を切っている。

「人が必要ならアリサを呼ぶが、どうだ？」

「大丈夫です。切れた部分を金の糸で刺繍《ししゅう》します。右からこう、斜めに」

「それでいい、早くやれ」

蓮は頷くと、衣裳修復に集中し始めた。その様子を確認し、榊は瑛理を見る。

「今回は、時間も入れる人間も限られてる。カメラを見りゃ、この衣裳が直る頃には犯人が解る。それでこの話は終わりだ」

榊の言葉の通り、三度目にして漸《ようや》く犯人は見つかった。やはり内部犯で、堀口が言っていた通り社内コンペの結果に不満を持つ者だった。その男はクビを覚悟で、蓮への憎悪から舞台を滅茶苦茶にしようとしたらしい。

「俺の方がいいものを作れた！」

男は何度も叫び主張したが、その場で解雇。同時に衣裳への被害も止まった。

瑛理は修復された衣裳を着て、再び舞台に立つ。衣裳への被害がなくなると、蓮は姿を見せなくなった。煩《わずら》わしいオメガが消え、瑛理は舞台に集中することができた。

そうして予定通り、三週間の公演が終わった。

＊＊＊

企画公演一作目、『タイタス・アンドロニカス』の評価は上々だった。

演出家のファンが多いこともあり、ネットでの評判もいい。瑛理の暴力的で粗暴な演技も高く評価され、特にヒロインの腕を切り落とすシーンの狂気が凄まじいと批評家が記事にしていた。

『その残虐な舞台を作り上げているのは、何と言っても演出家・芳賀英一の力量だろう。舞台セットや衣裳、わずかな調光まで、細部まで行き届いた演出が世界を精密に作り上げている。血が噴き出る演出が多かったこともあり、血の赤が際立つ衣裳は舞台全体の印象に大きな影響を与えていた。とても二ヶ月で仕上げたものとは思えない出来栄えで、次回公演にも期待が持てる』

瑛理は仕事の隙間時間を利用して、与良が持ってきた雑誌を読む。

（確かに、悪くない衣裳だった）

舞台の衣裳は、ドラマや映画の衣裳とは根本的に違う。遠くから見た時に映えるよう素材も独特で、何より舞台上で役者が動いた時の見え方や、動きやすさが大切になる。

そういう意味で、蓮の作ったものは申し分なかった。問題があるとすれば「オメガが関わっている」ということだが、これは次の公演でも改善は見込めない。ギリギリのスケジュールの中で、スタッフの変更は大きなリスクになる。

次の演目は、もう決まっている。前作の最終公演日、芳賀が終演後の舞台上でくじを引いた。

『夏の夜の夢』。シェイクスピア作品の中では珍しく誰も不幸にならない話で、妖精の「惚れ薬」に惑わされた二組の男女が恋愛模様を繰り広げる喜劇だった。

瑛理はこの舞台で、四人の主役のひとりライサンダーを演じる。ライサンダーは主役の女性ハーミアを愛し両思いだが、周囲に受け入れられていない。そのため二人で駆け落ちを目論《もくろ》むが、逃げる途中で妖精王オベロンの魔法により別の女性に恋をしてしまう。前回演じたディミトリアスの演技の柱が残虐性だとすれば、今回は惚れ薬に翻弄されている様をいかに面白おかしく魅せるかが重要になる。全く違った役を演じられるのは、役者としてやり甲斐があり楽しみでもある。

ただこの物語の難点は、登場人物が多いことだった。それに妖精が出てきたり結婚式があったりと、準備すべき装飾品も多い。決まった際に頭を抱えているスタッフがいたのは、そのためだろう。だが次の瞬間には現場のリーダーがスタッフを集め、今後の確認をしていた。

演目が決まった三日後の午前。

瑛理は、榊のオフィスにいた。都心から少し離れた五階建てのオフィスビルで、三階ワンフロアを榊のチームが使い、他のフロアも大道具小道具や舞台施工のチームが使っている。瑛理が三階を訪ねると、すぐに会議室に通された。与良は同行していない。この日は衣装の方向性のすり合わせのみで、時間も一時間程度と決まっている。

会議室で待っていると、やがて榊が現れた。

「どうも、先日は──」

瑛理は席を立って挨拶をしたが、しかし来たのは榊ひとりではなかった。後ろに、オメガが立っている。蓮が視界に入るなり、瑛理は眉を寄せた。

「またソイツですか」

「お前の衣裳担当者だからな」

榊は平然と言って、わざとらしく肩を竦める。

「今まではアシスタントにやらせてたが、蓮がやってるってバレたんなら直接話した方が早いだろ。クオリティも上がる」

榊は背後にいる蓮に「入れ」と促し、会議室に入れる。その後榊も入るかと思っていたのに、早々に立ち去ろうとしたため瑛理は流石に止めた。

「待ってください。あの俺、一応アルファなんですけど」

「そんなこたァ知ってる。だから特別扱いしろってか？」

「そうではありませんが……」

　特別扱いをしてほしいわけではない。だが生まれてこの方オメガと二人になどされたことはないし、普通のスタッフならしないだろう。

「流石に、オメガと二人で同じ部屋というのはちょっと」

「お前、抗フェロモン剤飲んでるんだろ？」

「飲んではいますが」

　薬を飲んでいれば、仮に目の前でオメガが発情していようがフェロモンに当てられることはない。アルファであれば無料で医療機関から受け取ることができるし、瑛理に限らずアルファは常飲している。命に関わるのだから当然だろう。とは言え、万一ということもある。

「それなら問題ねぇだろ。時間がねぇんだ。くだらねぇ事で文句言うな」

「ベータの榊さんには解らないかもしれませんが、俺は――」

　命に関わるんですよと言いかけた言葉を、榊は最後まで聞かなかった。というより、何を言っても聞く気がないのだろう。バタンと外から扉を閉め、榊は無言で立ち去った。瑛理は溜息を吐く。与良がいればもう少し話を聞いてくれたかもしれないが、仕方がない。

「いつまで突っ立ってんだよ」

　瑛理は諦めてどすりと椅子に座り、目の前のテーブルをトントン叩く。

「榊さんが言った通り、時間がないだろ。早く始めろ」

「では、失礼します」

蓮は抱えた資料をテーブルに置いて、席につく。

「現時点で芳賀さんと取り決めたことをお話ししますね」

今回の舞台では、瑛理は何回か着替えることになる。貴族の好青年としてのシーン、駆け落ちのため森の中を彷徨うシーン、それに結婚式のシーン。大きく分けると三つになるが、そのどれもが華やかなのがこの舞台の衣裳の魅力だった。

「後方席からも主演二人の区別がつくように、瑛理さんの衣裳は青で統一する予定です」

この作品には、二人の主役級の男が登場する。似たようなスペックということもあり、確かに遠くからでも区別がついた方がいい。

「妖精の衣裳は、作り込む時間がないのでプロジェクションマッピングで対応します。なので投影された時に一緒に映り込んでしまわないように、瑛理さんの衣裳は濃い色の生地を使う予定です」

「二幕は、ただでさえ照明が暗いだろ。背景と同化しないのか」

「そうならないように、スポットライトで対応します。シチュエーション的に金の装飾などは使えませんから、代わりに少し光沢のある生地を使います。ただ水を被るシーンがあるので、基本的には乾きやすいものを――」

蓮の中にはイメージが固まっているようで、手元の資料を見せながら丁寧に説明する。だが、資料だけでは限界を感じたのだろう。

「ちょっと、描くものを取ってきます。その方がイメージがしやすいと思いますので」

話を始めて、三十分程度。蓮はついでにと休憩を提案する。

「出て左に休憩室があります。無料の自販機もありますから、ご自由に取ってください」

有難い提案だった。オメガと二人きりの空間は、息が詰まる。

蓮に続いて、瑛理も外に出た。言われた通りに左に向かい、自販機で珈琲のボタンを押す。それを近くのスタンディングテーブルで飲んでいると、男が声を掛けてきた。

「瑛理さん、来てたんスね」

社員証をぶら下げているから、男はこのオフィスのスタッフだろう。

「どうも、佐賀井《さがい》って言います。俺も、今回の企画公演に関わってるんスよ。メインじゃなくてサブの衣裳なんですけど」

どうせ知らないだろうとばかりに笑う中年男は、煙草《たばこ》のせいか歯が黄色い。

「此処にいるってことは、蓮と打ち合わせっすか？」

「ええ、そうです」

「あの会議室で二人で？」

「ええ」

「はは、オメガ臭くないっすか？」

佐賀井は嘲笑する。

「あんな狭い部屋にオメガと閉じ込めるなんて、榊さんもヒデェことしますね。榊さんは蓮贔屓なんで気にしないでしょうけど、他の奴も同じって思わないでほしいっすよ。瑛理さんもお気の毒に」

「佐賀井さんは、あのオメガが嫌いなんですね」

「嫌いですよ」

佐賀井は即答する。

「アイツが、そこそこデキる奴ってのは認めますよ。中にはコンペの結果に納得してない奴もいますけど、俺はまぁデザインだけで選ぶなら、蓮のだろうなって思いますしね。けど、衣裳責任者に相応しいかっていうとね」

そうは思わないと、佐賀井は蓮への嫌悪を隠さない。

「他にもウチにはエースクラスがいるんだから、そいつに任せれば良かったのに。そう思ってるのは俺だけじゃないと思いますよ。瑛理さんだってオメガ嫌いですよね？　なのにあんな奴に瑛理さんの衣裳を任せたりするから、問題が起こるんですよ」

先日の衣裳トラブルのことを言っているのだろう。

「ああいうことは、よくあるんですか？」

「あそこまでヤベェことするのは稀《まれ》っすけど、社内ではまぁまぁありますね。けど仕方ないでしょ。誰だって、オメガの下で働くなんてヤですし」

佐賀井はべっと舌を出して見せてから、瑛理に背を向ける。壁の時計を見ると、先程から五分以上経っていた。もう蓮は戻っているだろう。会議室に戻ろうと、瑛理は紙コップを捨てる。

すると丁度、蓮も会議室に戻るところだった。手には、スケッチブックとペンケースがある。だが蓮は会議室には入らなかった。

「何やってんだよ！」

そう、奥のオフィスから聞こえたためである。蓮だけでなく、瑛理も声の方を向いた。

「業務時間中はこっちに入るなって言ってんだろ！」

「すみません、みなさん会議に出られているようでしたので、つい」

「ついじゃねぇよ。俺がアルファの客連れてたらどうするつもりだよ」

「すみません、すみません」

泣きそうな謝罪の声が響き、青年が廊下を駆けていく。その首には蓮と同じ黒い首輪があり、瑛理は思わず眉を顰めた。

（蓮以外にも、オメガを雇ってんのか）

榊はオメガを囲う趣味でもあるのかと思ったが、そうではないようだった。全身黒の服でスタイリッシュな蓮と異なり、青年は制服を着ている。このビルの清掃担当なのだろう。

走って向かう先には清掃用のカートがあり、ゴミを収集している最中だと解る。

だが青年は、カートに辿り着く前に転んだ。社員に怒鳴られ焦っていたのかもしれない。

瑛理は青年がこちらに来なかったことに安堵して、そのまま会議室に入ろうとした。しかし同じく入りかけていた蓮は、方向転換した。

「大丈夫ですか」

蓮はスケッチブックを抱えたまま、青年に駆け寄る。

「この時間は、南側オフィスの方が人がいません。此処より衣裳保管室の方を――」

「触るな！」

転んだ青年を支え起こそうとした蓮を、青年は激しく振り払う。

「上手く取り入って、いい仕事貰ってるだけで見下しやがって！」

青年は一人で起き上がると、カートを押してその場を去っていく。その姿を見送ってから、蓮は再び会議室に戻ってきた。無言のまま先に入った蓮に、瑛理も続く。蓮は元の席に座ると、何事もなかったかのようにスケッチブックを広げた。

「お前、自分と同じオメガにも嫌われてんじゃん」

席につきながら瑛理が言うと、蓮はちらりと視線を上げる。

「さっき休憩室で此処のスタッフと会ったけど、お前、同僚からも嫌われてるんだろ？」

「そうですね」

解りやすく嫌味を言っても、蓮は動じない。

「瑛理さんの言う通り、俺はアルファにもベータにもオメガにも嫌われてると思います」

もう少し反論するかと思ったが、蓮は冷静に瑛理の言葉を肯定する。自分が周囲からどう思われているのか、自覚はしているらしい。

「先ほどの話の続き、もう始めてもいいですか？」

蓮は、スケッチブックに絵を描き始める。瑛理はもう何も言わず、素直に頷いた。


それから三十分ほどで、蓮との打ち合わせは終わった。

提示された蓮の案に、瑛理はイメージと違うところや前回の衣裳で気になったところを指摘する。蓮はメモを取りながら、その場で代替案を提示する。

「素材の当たり方が気になるのなら、内側に当て布を入れて対応を――」

蓮は引き出しが多い。瑛理のコメントに対して、次々にアイデアを出していく。

榊は、蓮の腕がいいと言っていた。周りの人間も蓮を嫌ってはいるが、実力は認めているところがある。誰もが認めるデザイナーではないが、少なくとも蓮は無能ではない。

とは言え、瑛理には疑問があった。

「お前さ」

広げた資料やスケッチを片付けていた蓮は、手を止めて顔を上げた。

「何でこんな仕事してんの？」

蓮は馬鹿ではない。手際がよく仕事もできる。それなりに頭もいいのだろう。だからこそ、蓮は自分がこの業界に相応しくないことを知っているはずである。

「オメガなんていない業界だろ。むしろアルファの多いとこだ。さっきも言った通りお前は嫌われ者だし、別にこんな仕事選ばなくたって他にもいくらでも仕事があるだろ。例えば、さっきの清掃員とか。お前手際もいいし、清掃員なら天下取れるんじゃゃね？」

わざと見下す言葉を選んでみたが、蓮は表情を変えない。

瑛理に限らず、蓮は周囲から相当馬鹿にされ嘲笑され、暴言を吐かれている。それなのに不満を口にしないし、態度にも出さない。疎《うと》まれていることを、ただ受け入れている。

そこまでしてこの仕事に固執する理由が、瑛理には解らない。

「どっかで、アルファでも引っ掛けようと思ってんの？」

そのくらいしか、蓮がこの仕事を続ける理由が見つからない。

「お前らオメガは、アルファの精液に飢えてるだろ？」

「どういう意味です？」

「そのままの意味だよ」

ギィと音を立てて、瑛理は背もたれに体重を掛ける。

「お前の歳、二十五、六ってとこか？　だったら、お前の寿命は持ってあと四、五年」

オメガの寿命はおよそ三十年。より長く生きるには、アルファとの性交が必要になる。

「喉から手が出るくらい、アルファの精子が欲しいはずだ。今もこうやって俺と二人でいるし、アルファ嫌いの榊さんからしたら、お前がアルファとヤってアルファの寿命を奪ったら万々歳だろ」

本当に榊がそう考えているとは思わないが、蓮が精子を求めているのは事実のはずだ。

「今だって、目の前にアルファがいるんだ。本当は土下座してでも俺の精子が欲しいだろ。お前が今すぐこの仕事降りるって言うなら、一回くらいフェラさせてやってもいいぜ？　優秀なアルファの精子なら、口から飲んでも半年くらい寿命が伸びるかもしれないだろ」

経口摂取でオメガの寿命が延びるのか、瑛理は知らない。性交時に双方のフェロモンが混じることで効果があるとも聞くから、実際は何の意味もないのかもしれない。

そもそも、本当に口淫をさせるつもりなど微塵《みじん》もない。頭を下げてきたら、今すぐ榊に訴えて仕事を降ろさせよう。

瑛理はそう思っていたが、蓮はやはり表情を変えなかった。ただ小さく息を吐いて、閉じたスケッチブックの上に手をのせる。

「瑛理さん」

ゆっくりと瞬きをした蓮の薄茶色の瞳が、じっと瑛理を見る。

「何だよ」

「どうして、そんなにオメガが嫌いなんです？」

「はぁ？　浅ましい生き物だからに決まってんだろ」

何を今更、と瑛理は眉を寄せる。

「お前だって知ってんだろ。五十年前、お前らオメガのせいで優秀なアルファが何百何千と殺されたんだ」

それを知らない人間は、この国にはいない。オメガに首輪をつける起因となり、アルファの抗フェロモン剤開発に拍車を掛けた出来事だった。

オメガのフェロモンに、アルファは基本的に抗えない。その事実を利用し、オメガが無作為にアルファを誘惑し、自らの寿命のためアルファの命を奪った事件である。一度二度の性交で、アルファはすぐ死ぬわけではない。だがフェロモンに抗えずオメガの頸を噛めば、否が応でも番関係になる。そうなればオメガのフェロモンから逃れられず、結果的にアルファは番と何度も関係を重ね、やがて寿命を奪われて死んだ。性質の悪いオメガは複数のアルファを誘惑し、「命を奪われたくなければ」と金銭まで要求した。

同様の事件が頻発し、国は事態を重く見てオメガの隔離を進めた。オメガには首輪の装着が義務付けられ、住む場所も限定された。明確な差別だが、反発したのはオメガだけ。それ以外の人間は、必要で合理的な法だと考えた。

「オメガを嫌ってるのは俺だけじゃない。お前らオメガに社会を滅茶苦茶にされたくない奴は、ゴマンといる。どうしてなんて聞く方がナンセンスだ」

「そんなことだったんですね」

「は？」

こちらは当然の主張をしただけなのに、蓮は呆れ顔をする。瑛理は蓮を睨みつけた。

「お前、何つった？　そんなこと？」

「そんなことでしょう。一体、いつの時代の話をしてるんです？」

失望したとばかりの態度に、瑛理は憤る。

「確かに、多くのオメガが多くのアルファの寿命を奪いはしたでしょう。ですが、五十年も前のことです。未だにそんな事件の話を引き合いに出すなんて、ちょっと驚きました。瑛理さんのオメガ嫌いは少し異常な気がしていたので、親でも殺されたのかと」

「ンだと？」

「そんな化石のような情報に囚われていたら、演技の幅が狭くなりますよ」

「ふざけんな！」

瑛理はガンと机を叩いて席から立ち上がると、蓮の前まで来て胸ぐらを掴む。

「ちょっとデカい仕事任されたからって、いい気になんなよ。お前だって榊さんがいなけりゃ、さっきのゴミ捨て係と同じだろうが！」

「清掃員がいなかったら、瑛理さんだって困るでしょう。フロアがゴミで溢れますよ」

「じゃあお前も劇場の清掃でもやって――」

瑛理は、掴む手の力を強くする。だが急に部屋の扉が開き、瑛理の言葉は遮られた。

「ああっ、もう何やってるんですか！」

入ってきた女に、瑛理は見覚えがある。蓮がこうして対面で担当をする前に、瑛理の担当をしていたアリサだった。

「瑛理さんすみません。何か、蓮くんが気に障《さわ》るようなことをしましたか？」

気に障ることとしかなかったと思いながらも、瑛理は蓮から手を離す。怒鳴り声が、外まで聞こえていたのだろう。流石に、此処で騒ぎにするつもりは瑛理にもない。

「何でもありません、ちょっと揉めただけです。話は終わりましたから、俺はもう帰ります。タクシーを――」

「俺はこの仕事を降りません」

呼んでほしいとアリサに言おうとしたところで、蓮が割って入る。まさかまだ話を続けるとは思っていなかったから、瑛理は驚いた。

「は？　何言ってんだお前」

「先程、何故俺がこの仕事を続けるのかと聞きましたね。やりたいことがあるからです」

トントンと、蓮は散らばった資料を纏める。何を言い出すのかと、瑛理は眉を寄せた。

「はぁ？　やりたいこと？」

「そうです」

「業界のアルファを漁って、精子を分けてもらうことか？」

「自分の手で、舞台の衣裳を作ることです。俺は舞台が好きですから」

「はっ、オメガが一丁前に夢を追ってますってか？」

「そうです。そんなに、オメガが夢を追うことはおかしいことですか？」

蓮は、まっすぐに瑛理の目を見返す。

瑛理は何も返せなかった。返答を求めた言葉ではないような気がしたが、そもそも瑛理には答えが見つからない。別に、おかしいとは思わない。だがおかしくないとも返せない。

瑛理が黙ったままでいると、蓮は小さく息を吐いて少し寂しそうに笑った。

「今日は直接お話しできたので、瑛理さんの持っている役のイメージがよく解りました」

蓮はもう瑛理の方を見ずに、会議室の出口に向かう。瑛理はその様子を呆然と眺め、アリサも訳が解らないという顔で蓮の姿を追っている。

「次の打ち合わせまでに、案をいくつか持ってきます。それで瑛理さんに満足いただけなければ、瑛理さんから榊さんに俺を降ろすように言ってください。その時は、素直にこの仕事から降りますよ。もちろん榊さんに納得してもらう必要はありますが」

会議室の出口を出たところで、蓮は再び瑛理の方を向いた。

瑛理は呆れた。こんな生意気で自分の立場も弁《わきま》えないオメガなど、デザイン云々以前に御免だった。蓮が仕事を続けるということは、次の作品でも一緒になる。そんなに長い時間オメガと仕事をするなど、瑛理には考えられない。

「なので、俺をこの仕事から降ろすかどうかは、その時に判断してください」

「わかった、それでいい」

「では、よろしくお願いします」

ぺこりと頭を下げて、蓮が退出する。

絶対降ろしてやると思いつつ蓮を見送ると、部屋には瑛理とアリサが残された。アリサが担当を続けてくれれば、こんな鬱陶しいやりとりはなかっただろう。

「どうして、今回もアリサさんが担当してくれなかったんです？　今までもそれで上手くいってたんですから、それで良かったのに」

「そんなことないと思いますよ。蓮くんは演出家や俳優の方の意図を汲むのがとても上手いんです。蓮くんが出た方が、絶対にいいものができます」

「さっきの状況見ても、そう思います？」

「今日、蓮くんと何があったのかは知りませんが……」

困った表情で笑いながら、それでもアリサは反論する。

「私にとって、蓮くんはとても尊敬できる先輩です。間違いなく、この会社で一番の技術とセンスを持っていると思います。先日の瑛理さんの衣裳もヒアリングをしたのは私ですが、作ったのは蓮くんです。芳賀さんの作る世界にとても合っていると思いましたし、瑛理さんにもよく似合っていました。瑛理さんがオメガ嫌いなのは、私も知っています。でもオメガだってことを除いたら、蓮くんの仕事をどう思われますか？」

蓮に、アリサのような信奉者がいたことに驚いた。榊以外の全ての人間から嫌われていると思っていたが、そうではないらしい。

確かに、蓮の仕事は悪くなかった。ディミトリアスの衣裳もだが、この日のスケッチを見ても蓮が優秀なのは解った。アリサの言葉を否定することはできない。

「確かに、悪くなかったとは思います。ですが、それはそれです。彼の言っていた通り、今回の出来が悪ければ俺は榊さんに交代を依頼しますよ」

アリサの言い分が、解らないわけではない。自分にオメガ嫌悪によるバイアスが掛かっている自覚もある。だがアルファである以上オメガへの嫌悪は本能的なもので、己の命を守り生存するためには当然という想いもある。

蓮がデザインを持って稽古場に現れたのは、三日後のことだった。

「芳賀さんとも相談して、この方向で進めたいと思っています」

差し出してきたスケッチは場面ごとに一枚ずつで、てっきり何枚も案を出されるかと思っていた瑛理は拍子抜けした。

打ち合わせで話した通り、青をベースにしている。結婚式の衣裳も純白に青でアクセントを付けており、華やかさがある。芳賀から聞いた幻想世界をそのまま具現化したようで、その衣裳だけで物語を感じることができる。

「如何《いかが》ですか？」

蓮の面持ちに、緊張の色はなかった。瑛理が「否」と言えばクビになるのに、蓮は落ち着いている。余程自信があるのかと思ったが、そういうわけではない気もした。

「悪くない、と思う」

オメガは、好きではない。目の前に立つこのオメガも、やはり好きではない。だが目の前にあるデザインには、世界がある。自分が着た時、動いた時、相手役と掛け合った時のイメージが容易に浮かぶ。

「初めから、別にお前の腕が悪いとは思ってなかった。前のディミトリアスの衣裳だって、散々な目に遭ったけど嫌いなわけじゃなかったしな」

瑛理は十年も役者をやっている。舞台が一人で作れるものではないことは誰より知っているし、年齢や人種、バース性に関係なく優秀な人間がいくらでもいることも知っている。それなのに嫌悪故に蓮を認めていなかったことも、瑛理は心の何処かでは解っていた。

「認めるよ。お前は腕がいい。別に、デザインは俺が許可するもんじゃねぇけど」

それ以上何も言わずにいると、蓮はパチパチと瞬きをしてじっと瑛理を見る。

「ではこのまま、俺が瑛理さんの衣裳を担当させていただいてもいいんですか？」

「いいよ。不本意だけどな」

最後に否定的な言葉を付け足したのに、蓮はホッとした表情で息を吐く。スケッチブックを閉じ、胸の前でそれを抱きしめる。

「良かった」

蓮は少し俯いて、頬を緩めた。見たことのないその表情に、瑛理はどきりとする。

今まで蓮は、静かに淡々と仕事をしていた。その割に瑛理に対して生意気で、「気に入らないならクビにしろ」と挑戦的な物言いまでした。それなのに今の蓮は柔らかく、心から嬉しそうに頬を染めて笑っている。

「では、また必要な採寸が出てきましたら稽古場まで伺いますね」

蓮はぺこりと頭を下げ、背を向けて歩きだす。足並みに合わせ揺れる蓮の結った髪を、瑛理は呆然と眺めた。

少し、鼓動が速い。その感覚が何なのか解らないまま、瑛理は稽古に戻った。

＊＊＊

俳優とスタッフを集め懇親会が開かれたのは、公演まで十日を残した日のことだった。今更ではあった。仲のいい俳優同士は食事にくらい行くし、スタッフとも準備をしている中で話すことがある。だがまだ続く企画公演の合間を縫って、スタッフや役者同士で親睦を深めさせようとしたのだろう。言い出したのが芳賀ということもあり、多くの役者とスタッフが参加していた。一軒のイタリアンダイニングを貸し切った立食形式で、不参加の人間もいるが総勢百名は超えている。

瑛理も、その会に参加した。仕事の関係で途中参加になったが、店に入るなり小道具のスタッフにワインを渡される。

「瑛理さんとお仕事ご一緒できて嬉しいです」

目を輝かせる女に、瑛理はにこやかに対応する。他のスタッフも瑛理を見つけては声を掛けてくるため、瑛理は丁寧に対応した。適度な挨拶をしながら混み合った店の奥へ進むと、見覚えのある女に声を掛けられる。

「瑛理さん！　いらっしゃったんですね」

蓮のアシスタント、アリサだった。この日はワンピースを着ており、仕事の時と雰囲気が違う。ちらりと隣を見るといたのは蓮ではなく、先日休憩室で立ち話をした佐賀井だった。オメガ嫌いと言っていたが、オメガと組むアリサは嫌ではないらしい。

「どうも。瑛理さん、飲んでますか？」

「いえ、俺は今来たところなので。佐賀井さんは随分飲んでますね」

「いやぁ、ウチは榊さんが飲みとか好きじゃないんで、こういうタダ飲みは滅多にないんですよ。で、此処ぞとばかりに」

「榊さんは来てないんですか？」

「いませんよ」

「じゃあその、彼も……？」

「彼？」

佐賀井は首を傾げながらも、すぐに「ああ」と納得したように頷く。

「蓮ですか？　当たり前でしょう。あんなオメガがいたら、臭くて皆飲めませんよ。今頃、榊さんとしっぽりやってんじゃないですかね？」

「ちょっと、佐賀井さん！」

「だってそうでしょお？」

アリサは頬を膨らませて怒るが、佐賀井は酔いもあってかニヤニヤと笑う。

「情夫でもなきゃ、いくら榊さんだってあんなオメガに入れ込まないでしょ。蓮がいなきゃ起きないトラブルだっていくつもあるのに、クビにもしねぇでいっつも味方してやってさぁ。ねぇ、瑛理さんもそう思いますよね？」

「佐賀井さん、飲み過ぎです」

「へいへい、アリサちゃんも蓮の信奉者だもんな。けど、俺はアリサちゃんのこと心配してだなぁ」

「もう、いいですから。お水貰ってきてください」

顔の赤い佐賀井を、アリサはぐいぐい押して追いやっていく。その間に瑛理が近くの店員から烏龍茶を受け取っていると、アリサが戻ってきた。

「すみません。ウチのスタッフ、蓮くんのことあまり良く言う人がいなくて」

「知ってます」

「あはは、そうですよね」

アリサは苦笑する。

「あ、念の為ですけど、榊さんとしっぽりなんて嘘ですよ。確かに榊さんはすごく蓮くんのことを気に掛けていますけど、それはちゃんと実力で――」

「ええ、そうでしょうね」

弁解を遮ると、アリサは驚いて目を丸くする。

「俺の反応が意外ですか？」

「ええ、ちょっと驚きました。先日の感じだと、瑛理さんも蓮くんのことが嫌いなんじゃないかと思ってたので」

「好きではないですよ」

瑛理は即答する。

「だから好き嫌いの問題じゃありません。ただアリサさんの言う通り、実力はあると認めているだけです。確かに榊さんのお気に入りかもしれませんが、別にただ贔屓されているわけではないでしょう。榊さんは、正当に自分の部下を評価する方のようですね」

「そう……！　そう、そうなんです。本当にその通りで！」

興奮気味に、アリサは身を乗り出してくる。瑛理が手で制すると、アリサは慌てて身を引いた。この女は、本当に蓮が好きで蓮を尊敬しているのだろう。

「アリサさんは、蓮と長い付き合いなんですか？」

「長いというほどではないですけど、蓮くんの下について三年になります。それまでアパレル業界にいたので、今必死に蓮くんの下で勉強中です」

「そうなんですか」

「蓮くんは、もう十年近く榊さんの下で働いてるんですよ」

「十年近く……ってあの歳なら、オメガだって解ってすぐってことですか？」

「逆算するとそうですかね。榊さんに頭を下げて雇ってもらってから、ずっと必死に勉強してきたみたいですよ。どうも、瑛理さんの衣装を作ることを目標にしていたみたいで」

「俺の……？」

想像もしていなかった話に、瑛理は驚いて飲みかけていたグラスの手を止める。

「あいつが、そう言ってたんですか？」

「そうですよ」

（何で俺なんだ）

瑛理は、オメガ嫌いを公言している。もし蓮が「著名な俳優の衣裳を担当したい」のなら、オメガの人権を主張するタイプの俳優にした方がスムーズな気がする。

だが、納得もできた。先日、瑛理が「続けて良い」と蓮の続投を許可した時、蓮は心底嬉しそうにしていた。アリサの言うことが本当なら、あの笑顔にも納得がいく。

「蓮は、こういう集まりには来ないんですか？」

「そうですね。あまり歓迎されていないのが解っているので」

それはそうだろう。仕事のコミュニケーションの一環の会で、コミュニケーションができないのに顔を出す意味はない。

「それに今回は製作スケジュールがタイトですから、今日も事務所で縫製してると思いますよ。今回は衣裳の数も多いですし。でも、今日くらい休んでもいいのに。蓮くん、不安になるくらい真面目で一生懸命なんですよね」

優しい表情で、アリサは苦笑する。

それから瑛理は他のスタッフや先輩俳優、芳賀にも挨拶をした。貸し切りの時間が終わるにはまだ時間があったが、チラリと時計を見て店を出る。途中退出になるが、これだけ人がいれば文句も言われないだろう。

そうして瑛理が向かった先は、先日も蓮と打ち合わせをした場所、榊のオフィスである。

店の前でタクシーを拾い、移動した。夜の道路は空いている。特に都心を離れると車の数も随分減り、いつもより短い時間で目的地に到着する。

ビルを前にしながらも、瑛理は何のためにオフィスを訪ねたのか解らなかった。今仕事の話をする必要はない。スケジュールがタイトと言っても、進捗を確認するのは瑛理の仕事ではない。本来なら、関わりたい相手ではない。それでも足が向いたのは、アリサの話のせいかもしれない。

蓮のことが解らない。解る必要もないが、それでも何故蓮が自分を選んだのか、気になって胸がざわつく。

ビルは、すべてのフロアに灯りが点いていた。榊のチーム以外にも、懇親会に出ず仕事をしている人間がいるのだろう。ビルの前には守衛がいたが、瑛理が近づくと頭を下げて通してくれた。エレベーターで三階に上がると、フロアは静まり返っている。

デスクの間を歩いていると、やがて蓮を見つけた。大きな木製の机の前に、様々な生地が並べられている。蓮はその中から白いサテン生地を選び、型紙を合わせる。

「一人なのか」

蓮は集中していて、瑛理が来たことに気づいていなかったのだろう。声にびくりと反応して、瑛理を見ると更に驚いた顔をする。

「瑛理さん……今日は、懇親会だったのでは？」

「それはお前にも言えることだろ。つーか、俺は一応顔出してから来たんだよ」

義理は果たしていると言ったが、蓮はいまひとつ納得していない。

「何か、ご用ですか？　申し訳ないのですが、今このオフィスは俺しかいなくて」

「榊さんは？」

「さっきまで一緒だったのですが、少し前に帰りました。プライベートと仕事の線引きが曖昧《あいまい》な方なので、呼べば戻ってくれると思いますが。呼びましょうか？」

「いや」

否定しながら、瑛理は蓮の方にゆっくりと歩く。

「お前が仕事してるってアリサさんから聞いたから、進捗見に来ただけだよ。また衣裳トラブル起こされても困るしな」

「一応、瑛理さんの衣裳はオンスケで進んでいますよ」

「見せて」

「あまり形になっていないので、見ても何も指摘できることはないと思いますが」

「いいよ」

本当に進捗が知りたいわけではない。だが他に、それらしい用件が見つからなかった。

蓮はすぐに衣裳を取りに行ったが、戻ってきた手には本当に作りかけとしか言いようのない衣裳を着たトルソーがあった。瑛理の前に置き、「どうですか？」と尋ねる。

「ほんとに、完全に作りかけだな」

「ええ、本当に完全に作りかけですね」

だから言っただろうと、蓮は呆れた表情でトルソーに掛かる帯布を持ち上げる。オメガにそんな態度を取られれば腸《はらわた》が煮え繰り返りそうなものなのに、不思議とそうならない。

「あの、ついでに帯の長さを測らせて頂いてもいいですか？」

「は？」

「最初の試着の時に調整しようと思っていたんですが、せっかく来てくださったのなら、今してしまった方が手戻りがないので」

蓮は近くのテーブルからメジャーを取ると、瑛理のもとに戻ってくる。

「別に、いいけど」

「じゃあ、衣裳の横に立ってください」

瑛理がトルソーの左横に立つと、メジャーを片手に瑛理の腰から床までの長さを測った。何箇所かにメジャーを当てては、蓮は手元のノートにメモをしている。

「熱心なんだな」

ぽつりと、瑛理は素直な感想を漏らした。このオフィスには、蓮しかいない。他の人間は恐らく今も酒を飲んでいるのに、蓮は一人で黙々と仕事をしている。

「オメガに懇親会に出ろってのは無理な話だろうけど。でも誰もいないオフィスで一人でチマチマ縫製って、流石に寂しくね？」

オメガがこんな仕事に就けるのは、奇跡的なことだろう。だから蓮が仕事に必死になる気持ちは解らなくもないが、それでも三十年という短い人生をすべて仕事に捧げるのは、普通のオメガのすることではない気がする。

「遊ばねぇで仕事ばっかで、つまんねぇ人生だって思わねぇの？」

「つまらなくはないですよ。俺はこの仕事が好きですし」

話しながら、蓮は作業を続ける。

「それに以前瑛理さんが言っていた通り、俺にはあまり時間がありませんから。貴重な時間を自己研鑽《けんさん》に使うのは、俺にとっては大事なことです」

蓮はさらりと、自分の寿命が長くないことを話す。

（そういうもんなんだろうか）

オメガの気持ちなど、考えたことがない。

瑛理は十六の頃に、アルファだと判定が出た。両親がアルファで確率的にアルファの可能性が高く、瑛理は自分がアルファと言われても意外ではなかった。

蓮がどんな遺伝子を継いでいるのかは知らないが、オメガと言われた当時は少なからずショックを受けたはずである。通常、告知を受けてから残りの寿命は干支《えと》ひとまわり分しかない。その事実をすぐに受け入れたのか、最近になって受け入れたのか、あるいは「この仕事ができたのだから満足」として納得しているのか。

そこまで考えて、瑛理は自分がこのビルに足を向けた理由を思い出した。

「そういやお前、俺の衣裳が作りたかったんだって？」

尋ねると、蓮は驚いたように目を丸くする。

「え……？」

「さっきの懇親会で、アリサさんから聞いたんだよ。俺の衣裳をずっと作りたかったって。それってホント？」

蓮は沈黙したまま、何度か瞬きをして瑛理を見る。だが瑛理が沈黙したままでいると、諦めたように口を開いた。

「アリサさんはお喋りですね」

ふぅと息を吐いて、蓮は少し笑う。

「本当ですよ。俺は今、二十八なんですが」

そこで初めて、瑛理は蓮の齢《よわい》を知った。もう一、二歳若いのではと思っていたが、瑛理とひとつしか違わない。

「このまま行けば、俺の寿命はあと二年程度。なのでもう時間があまりないんですが、それでも俺には死ぬまでにしたいことが三つほどあります」

「三つ？　何なんだ？」

「二つはまだ叶っていないので、秘密です。言ってしまうと叶わないって言うでしょう」

蓮は人差し指を立てて、悪戯《いたずら》っぽく微笑む。普通は逆で、「口にした方が叶う」と言う気もする。だがそんな些細《ささい》なことより、瑛理は残りの一つが気になった。

「じゃあ、もう一個は叶ってるってことだろ？」

二つが秘密ということは、そういうことである。

「叶ったソレは、何なんだ？」

「瑛理さんの衣裳を作ることです」

静かに告げる蓮に、瑛理は黙る。確かにその話は聞いていた。だが「死ぬまでにしたいこと」リストに入るほどとは思っていなかった。

「だから、続投させていただけて嬉しいですね」

手元のメジャーを元の状態に戻しながら、蓮は頬を緩める。

「まぁ瑛理さんが嫌と言ったところで、榊さんと芳賀さんが認めなければ俺が続投することにはなっていたんですけど。それでもイヤイヤ着ていただくよりは、ずっといいですから。だから瑛理さんに悪くないと言っていただけて、すごく嬉しかったんですよ」

そう心底嬉しそうに言う蓮の表情に、瑛理は覚えがある。以前、瑛理が「不本意だが続けていい」と言った時だ。

また、少し胸がざわついた。

瑛理はさんざん蓮に文句を言い、降りろ降ろせとこの仕事から追いやろうとした。オメガの手がけた衣裳を着ることへの嫌悪が強く、認める気などさらさらなかった。

それなのに、蓮は瑛理の衣裳が作りたいと言う。普通、これほど厭悪《えんお》を露わにしていた相手のものを作りたいとは思わないだろう。

「何で、俺なの？」

純粋な疑問を、瑛理は蓮に向けた。

「俺、オメガ嫌い公言してんだけど。もしかして、雑誌とかテレビとか見ねぇの？」

「見てますよ」

「じゃあ、ますます何でだよ」

「顔ですかね」

「は？」

「瑛理さんは、顔がいいので。何着せても似合いそうじゃないですか」

「はぁ？」

楽しげに言った蓮に、瑛理の声は大きくなる。

「顔？　そんだけかよ」

「俺は中年太りの男性だろうが年配の女性だろうが、その人が映える衣裳を作りたいと思っています。それでも顔のいい俳優の衣裳は作るのは楽しいですからね。結構面食いなんで」

「そ、それだけ？」

　何を言われるかと緊張すらしていたのに、想像以上にくだらない理由で拍子抜けする。だが、蓮の話はそこで終わらなかった。

「それと、瑛理さんが舞台に立っている姿が好きだからです」

　手にしていたメジャーをポケットに仕舞い、蓮はじっと瑛理を見る。

「瑛理さんは最近、モデルとかCMとか色々お仕事されてますけど、何だかんだで舞台の仕事を続けていますよね。テレビドラマの方が、露出も増えて売れそうなのに」

　その通りだった。テレビのインタビューでもよく聞かれるが、同じ仕事をするなら舞台をやりたいと思っている。舞台が好きで、舞台に立ちたくてこの仕事を続けてきた。

「別に、拘ってるわけじゃねぇよ。けど、俺は生の舞台が好きだからな」

「俺も、瑛理さんが舞台に立っている姿が好きです」

　恥ずかしげもなく、蓮は告白する。

「写真に収められた姿ともテレビCMに出ている姿とも違う、舞台に立っている時にだけ見せる力強い演技も、迫力も、日を重ねるごとに完成度が上がっていく役作りも。主役じゃないのに、主役を食うみたいにステージを支配するところも。すごく好きです」

やはり、蓮の返答は意外だった。そんな風に見られているとは思っていなかったから、面映《おもは》ゆい。

とは言え、いい俳優など他にもいくらでもいる。もう少し納得できる理由はないのかと思っていると、それを瑛理が問い詰める前に蓮が口を開いた。

「俺も、ひとつ質問をしてもいいですか？」

蓮は小首を傾げる。

「まぁ、答えられることなら」

「じゃあ一つだけ」

何を聞かれるのかと身構えていると、蓮は机の上の生地を避けて軽く腰掛ける。

「瑛理さんのオメガ嫌いは、本当に五十年前の事件が原因なんですか？」

静かに穏やかに、蓮は瞬きをして瑛理を見る。

「何で、そんなこと聞くんだ？」

「普通は、そんな昔のことだけでそこまでオメガを嫌いにならないのではないかと。例えばご両親がオメガに襲われたことがあるとか、瑛理さん自身が襲われたことがあるとか」

「別に、そんなもんねぇよ。つーかそんなもんなくても、理由もなくオメガが嫌いな奴なんていくらでもいるだろ」

「それは確かに」

「大体、榊さんのチームだって全員ベータだろ。けど、皆お前のこと——」

嫌いじゃねぇか、と言いかけた言葉を瑛理は止める。そんなこと、言われずとも蓮は解っている。それをいちいち伝える必要はないし、伝えたくもない。

瑛理も他の者同様、蓮が嫌いだった。蓮と仕事をするのが嫌で、もはや生理的な嫌悪はどうにもならず、オメガというだけで近づきたくなかった。だが今は、その嫌悪感が薄れている。

「いや、嫌ってる奴がいるのは仕方ない。そういう奴もいるけど、アリサさんみたいなスタッフもいるし、榊さんだってお前のこと評価してんだろ。だからつまり……俺は今もオメガは嫌いだけど、別にお前がウザいとかは思ってねぇよ。お前の実力も何も知らずに、お前に当たり散らした自覚がある。だから……悪かった」

殆《ほとん》ど、勢いで出た言葉と謝罪だった。だが、口から出すと少しすっきりする。切り刻まれた衣装を見て蓮を責め、嫌がらせに励むスタッフと同列のことをした。それが今更ながら、子供の癇癪《かんしゃく》のようだったと恥ずかしくなる。

瑛理の急な態度の変化に驚いたのだろう。蓮は目を大きくして固まっている。

「何だよ、何か反応しろよ」

「あ、いえ……」

何となく気まずくて視線を逸らすと、蓮は少し慌てたように口を開く。

「その、俺も嫌な言い方をしましたね」

「はぁ？　何の話だよ」

「演技の幅が狭くなるとか、嫌味を言ったでしょう」

年下のくせに、蓮は「大人げなかった」と眉を下げる。

「大スターに向かって、随分生意気なことを言いましたね」

「別に、んなこと気にしてねぇし」

「でも、今でも言ったことが間違っているとは思いません」

蓮の声は、以前会議室で話した時よりずっと落ち着いている。

「事実、瑛理さんの言っていた事件は五十年も前のことです。今はいい薬もできて、アルファがオメガのフェロモンに反応することはありません。まだオメガに適した薬はないですが、二、三十年もすれば状況も変わっているはずです。オメガの人権も今よりマシになっているかもしれませんし、そうなったら瑛理さんがオメガを演じる日が来るかもしれません。それなのに、そんな理由でオメガを嫌悪しているのは勿体ないと思いますよ」

「確かに、あと二、三十年もすれば世の中は変わってるかもな」

蓮の言っていることが、少し解る。確かに五十年前とは状況が違うし、オメガのフェロモンを遮断する薬があるから、今もこうして蓮と普通に話ができている。

だが生理的嫌悪というのは殆ど本能的なもので、たとえオメガの人権が認められたとしても嫌悪の感情をどうにかできるとは思えない。

「けどたとえそんな日が来たとしても、その頃お前はもうこの世にいないだろ」

「そうでしょうね」

「もっと生きたいって思わねぇの？」

蓮に死を恐れている様子はない。他のオメガのことなど知らないが、普通は命の期限を知らされればもう少し動揺してもいい気がする。

「お前がベータなら、まだ残りの人生は五十年ある。やりたいこと三つと言わず、二十でも三十でもできるだろ。自分がオメガじゃなくてベータだったらとか、思わねぇの？」

「思わないと思います？」

蓮は、怒らない。だが少し寂しそうに、困ったように笑う。

瑛理ははっとした。蓮は、残りの寿命を受け入れている。だが受け入れることと生きたいと思うことは別の話だろう。

「悪い……」

とっさに謝罪をしたが、蓮は何も言わなかった。代わりに机から立ち上がり、「随分引き止めてしまいましたね」と話を終わりに向かわせる。

「スケジュールがタイトですから、稽古も大変でしょう。俺も衣裳はしっかり仕上げますから、瑛理さんも頑張ってください」

やりたいことの残り二つは、結局聞かずに終わった。だがそれが何だとしても、一つが瑛理の衣裳を作ることである以上、瑛理はせめて夢に相応しい演技をしなければならない。

＊＊＊

次に瑛理が蓮と顔を合わせたのは、完成した衣裳の合わせの日だった。衣裳合わせは、稽古場で行われる。

蓮は、瑛理以外の俳優の衣裳も担当している。というよりメインデザイナーである以上、主役級の俳優の衣裳には大抵関わっている。稽古を続けながら遠目に蓮の姿を見ると、蓮は瑛理には目もくれず女優のドレスの裾の具合を確認していた。

やがて三人の俳優の合わせを終えたのち、蓮は瑛理のもとに来た。

「一着ずつ試着をお願いしたいので、別室でお願いできますか？」

瑛理は従った。瑛理の衣裳は、三パターンある。いちいち稽古場まで運ぶよりは、別室でまとめて対応をした方が早い。

稽古場にある一室に行くと、複数の俳優の衣裳が並んでいた。その中から蓮は瑛理のものを取って、手渡してくる。

同性を相手に、裸を見られても恥ずかしさはない。瑛理はその場でシャツを脱ぐと、衣裳に袖を通した。中世の貴族らしい、煌びやかな衣裳である。

「少し動いてみてほしいのですが、腕のあたり、突っ張ったりしませんか？」

瑛理は軽く腕を回し、具合を確かめる。

「大丈夫だ。あ、でも少し首のあたりがキツいな」

「素材が硬めなので、馴染むようにあとで熱を通しておきます。首元に装飾をかなりつけてしまったのですが、チクチクも大丈夫ですかね？」

「それはない」

「じゃあ、足元の確認をしますね」

蓮は膝をついて、瑛理の足元にしゃがみ込む。その姿を、瑛理は見下ろした。

「お前、ほんとにこの仕事が好きなんだな」

蓮は、一瞬だけ瑛理を見上げる。だがすぐに視線を下に戻すと、衣裳のパンツの裾をクリップで留める。

「好きですが、どうしてです？」

「榊さんのチームは優秀な奴が多いけど、その中でもお前は特別仕事熱心だよ。丁寧だし、早いし、的確だ。好きじゃなきゃそうはならない」

「それは、褒めていただいてるんですかね？」

「褒めてるんだよ。つーかこの前も褒めただろ」

「オメガなんかを褒めて、蕁麻疹《じんましん》出ませんか？」

「出るかなって思ったけど、今のところ出てない」

「ふふっ」

蓮はクリップの横にまち針を刺しながら、肩を揺らして笑う。

「それは良かったです。本番まで二週間ですから、体調を崩されたら大変ですし」

蓮は立ち上がると、今度は腰回りの装飾を確かめる。また仕事に集中し始めた蓮に、瑛理は再び声を掛けた。

「舞台が好きなのか？」

蓮は再び瑛理を見て、ぱちぱちと瞬きをする。今度は立ち上がっているため、目の高さが近くなる。蓮は暫く無言でいたが、やがて「そうですね」と頷いた。

「好きですよ。オメガと判定が出るまでは、よく家族に連れて行ってもらってました。映画もドラマも好きですけど、やっぱり舞台が好きなんですよね。何度見ても、同じ舞台ってないじゃないですか。だから舞台に関わる仕事がしたいって、ずっと思ってたんです」

「なら、自分で舞台に立とうとは思わなかったのか？」

バースの判定が出るのは十六、七歳。それまで俳優を目指していたとしてもおかしくない。

「そんなに好きなら、自分でも舞台に立ちたいって思うだろ。まぁ、俺は思ったから立ってるんだけど。お前、顔も悪い方じゃねぇし、オメガじゃなかったら俳優としてもやってけそうじゃん」

「俳優は顔ではないと思いますが」

「そうだけど、そういう話してんじゃねぇよ」

「ありませんよ」

蓮は手を止めて、じっと瑛理を見る。

「俳優になりたいと思ったことはありません。好きとなりたいは違うでしょう。今も昔も、俺は裏方志望です。それに俳優をするには、不便な脚ですから」

少し腰を落とすと、蓮は自らのパンツの左裾を持ち上げる。すると露わになった脛《すね》には大きな傷跡があり、もう塞がってはいるが随分痛々しい。

「お前、まさかそれ同僚に——」

「いえ、これは昔の怪我です」

スタッフの嫌がらせかと思ったが、そうではないらしい。

「オメガだと解るより、ずっと前のものです。普通に生活をする分には問題ないのですが、飛んだり走ったりはできないんです。天候に左右されるのか、たまに痛みで足を引きずるともありますしね。役者をしたいとは思いませんが、俺は役者になれる身体でもないんですよ。まぁオメガなのでそれ以前の問題ですが」

蓮は裾を下ろし、作業に戻った。瑛理の襟元の詰めを見て、袖口の長さを確認する。少し離れて全体を見ると、次の衣裳に着替えるよう促した。

瑛理は結婚式の衣裳に着替える。真っ白なそれを汚さないよう注意しながら身に纏うと、見た目のタイトさに反して想像以上に動きやすかった。

「瑛理さんこそ、どうして、舞台に拘るんです？」

再び裾丈の調整をしながら、今度は蓮から口を開く。

「生の舞台が好きと言っていたでしょう。何か、きっかけがあるんですか？」

「そうだな。それこそ、俺も昔舞台を見たんだよ。まだ十代の頃だったかな。当時、俺の仕事はモデルがメインだった。それに不満はなかったし、その頃からそれなりに名前も売れてて、ドラマの端役の話なんかも貰ってたよ。けど、たまたまマネージャーに連れていかれて見た舞台が、すごくインパクトあったんだよな。それがきっかけだ」

「どんな舞台だったんです？」

「あー、実はあんまり覚えてないんだけど」

「何ですかそれ」

蓮はくすくすと笑う。

「そんな曖昧なもの、全然きっかけじゃなくないですか？」

「いや、きっかけだったんだよ。話の内容は忘れてても印象に残ってる映画とか、誰にでもあるだろ？　そういうやつ」

　随分昔のことだし、有名な演出家の作品でもないのだから仕方ない。

「タイトルも覚えてない。けど、端役の男が舞台の上で首を吊るシーンだけははっきり覚えてる。主役を食ってて、凄い存在感だった。多分、その迫力に圧倒されたんだと思う」

「誰が出てたんです？」

「覚えてない。小さい劇場だったから、大した俳優が出てたわけじゃなかったのかも」

　何処の劇場だったのかも、もう定かではない。二百も入らない小さな劇場で、当時は舞台への興味が薄かったせいか本当に印象的な部分しか覚えていない。

「確かにはっきり覚えちゃいねぇけど、それが俺が舞台を始めたきっかけだよ。それまでさして舞台になんて興味なかったのに、自分でオーディションを探して端から受けた。当時の事務所はモデル専門で、あんまその手のことに付き合ってくんなかったからな」

「雑誌では、きっかけは杉本《すぎもと》さんの舞台に感銘を受けたから、と言っていたのでは？」

「それ以上話せることがないから、そういうことにしてんだよ。よく覚えてないけど昔見た舞台が、とか言われても記者だって困るし、盛り上がりに欠けるだろ」

　杉本は芳賀よりさらに有名な高齢の舞台演出家である。インタビューでこの手の話を振られたら、いつも「杉本さんの影響で」と話している。真実とは異なるが、杉本に感銘を受けたのも事実だから嘘ではない。

「つーかお前、そんなインタビュー記事まで読んでんの？」

モデルとしての雑誌掲載はあっても、俳優になったきっかけを語る機会はそれほど多くない。

「めちゃくちゃ俺のこと好きじゃん」

「好きですけど、瑛理さんの記事だけを目当てに読んでるわけではありませんよ」

片っ端から瑛理の掲載誌を追っているのかと思ったが、蓮はさらりと流す。

「榊さんのオフィスには演劇系の雑誌は大抵ありますから、一通り目を通します。どんなことを考えて役作りをされているのかとか、参考になりますしね」

衣裳を作りたいと言うくらいなのだから、蓮はそれなりに瑛理に好意があるのだろう。だが蓮の好意はあくまでも「デザイナー目線」で、「ファン」とは違う。

（まぁ、ファンなら写真撮ってくださいとかになるしな）

蓮は、そういうことをしない。瑛理が特別であるかのようなことを口にしながらも、あくまでも他の俳優と同等にしか扱わない。それが何となく面白くなくて瑛理は黙ったが、蓮は気にすることなくストイックに作業を続けている。

「ちなみに、お前心当たりある？」

沈黙に耐えられなくなったのは、瑛理の方だった。

「舞台、若い頃から見てきてるんだろ？　俺の言ってる舞台、心当たりあるか？」

「端役の男が首を吊る演目って、流石にヒントが少なすぎません？」

「十分ヒントになってるだろ。首吊る装置なんて大がかりだし、ある程度限られる」

「残念ながら、俺も心当たりはありませんね」

蓮は作業の手を止めないままに返す。

「このご時世ですから、ネットで探したら出てくるんじゃないですか？」

「それが、出てこないから聞いてんだろ」

「そこまで来ると、その演目自体瑛理さんの妄想の可能性もあるんじゃ……」

「違ぇよ！　見た覚えはあるんだよ」

小さい劇場公演など、都内だけでもごまんとある。素人劇団の公演だったら情報の公開範囲も限られる。別にネットで調べて出てこないことが、珍しいわけではない。それなりに人にも尋ねているが、大抵同じような話で終わる。与良にも調べてもらったが、やはり何も解らなかった。

（結局、また解らず仕舞いか）

蓮でも同じ結果かと思いながら、瑛理は三着目の衣裳に着替え始めた。

＊＊＊

舞台初日まであと五日。

この日はゲネプロ前の最終調整があった。実際に公演する劇場で、場面ごとに立ち位置や動きを確認する。衣裳も着るし、照明や大道具とも動きを合わせる。

現場には蓮もいた。衣裳担当者は舞台上で最も俳優が映え力を発揮できるよう、ギリギリまで調整する。

この時期になるとメインキャストは終日拘束され、スタッフや端役でも半日は拘束される。瑛理が芳賀との最終確認を終えたのは午後九時で、スタッフも疎《まば》らになっていた。

「じゃあ、残った奴で一杯行くか」

声を上げたのは、大道具責任者の熊野《くまの》である。名前の通り熊のような出立ちの大酒飲みで、いつも残っているスタッフを見かけては立ち飲みの居酒屋に連れ回している。

瑛理は酒好きというほどではないため、この手の誘いは大抵断る。嗜《たしな》む程度ならいいが、数日後から声を張り上げるのにあまり無茶はしたくない。

ただこの日、瑛理は少し熊男に付き合ってもいいと思った。まだ、現場に蓮が残っている。もし蓮が行くというのなら、自分も少し顔を出してもいい。

「おい、蓮」

白いドレス二着を抱えている蓮を、瑛理は呼び止める。衣裳室に運ぼうとしているのだろう。それにしても重そうで、瑛理は荷運びを手伝おうと駆け寄る。蓮はすぐに瑛理に気がついて、ドレスを抱えたまま振り返った。

「瑛理さん、お疲れ様です」

「お前、そういうのは他のスタッフにも手伝ってもらえよ」

「いえ、この程度ならいつも俺一人で運んでいますから」

「つっても、引き摺ったら汚れるだろ」

「引き摺らないように気をつけていますが、引き摺っていましたか？」

「いや、引き摺ってはねぇけど、一着寄越せ」

「はい？」

「その方が早いだろ。俺が半分運ぶ」

「いえ、流石に主演俳優にそんなことをさせるわけには……」

「いいから。頑固だな」

瑛理は半ば無理矢理、蓮の手からドレスを奪う。瑛理が抱えた方が身長もある分、床に着く心配がない。

「そういや、お前は飲みに行かないのか？」

横並びに衣裳保管室への廊下を歩きながら尋ねると、蓮は首を傾げる。

「熊野さんが、一杯行くって言ってただろ。お前、普段全然こういうの顔出さないけど、今日は他の衣裳連中もいねぇし、もしお前が気まずくないなら一緒にどうだ？」

「一緒にと言うのは……」

「お前が行くなら、俺もついでにちょっと顔出すって言ってんだよ」

「瑛理さん、本番前にお酒飲むんですか？」

「だぁから、ちょっとだって。それに明日が本番ってわけじゃねぇんだから――」

誘う口実なのだから、飲んでも飲まなくてもどちらでもいい。瑛理は適当に言い訳するつもりだったが、その前に声を掛けられた。

「瑛理」

名前を呼ばれ振り返ると、女が立っている。

「アナタにはそんな時間ないでしょ。今日はお父様と食事よ」

緩めのニットに、短めの黒いスカート。腰までのロングヘアを揺らし立っていたのは、モデルの華南《かなん》だった。ファッション誌で見かけない月はなく、最近はバラエティ番組にも呼ばれている。人気のベータのモデルで、瑛理より四つ年下の婚約者だった。

と言っても、婚約は瑛理の意思ではない。華南は結婚に前向きなようだが、華南の意思でもない。世間では「アルファとベータの大恋愛」などと報じられているが、この婚約は双方の父親同士で決めたものである。アルファ同士の結婚ならともかく、アルファとベータの婚約を親が決めるというのは極めて珍しい。

そもそも、華南は好みのタイプではない。自己顕示欲が強く、確かにそこらのアルファより顔もスタイルもいいが、同業のモデルを見下しているところがある。

それでも瑛理が婚約に応じたのは、父のためだった。

瑛理の父は、政治家である。曽祖父の代から政治家ということもあり、父は瑛理にも政界に進むことを望んでいた。だが瑛理が役者になったため、父の夢は途絶えた。その際、父は「せめて人脈作りに寄与しろ」と瑛理の夢を許容する代わりに婚約話を持ってきた。

だが実際は、人脈作りだけが結婚を押し付けてきた理由ではないだろう。華南の父はアルファで、警察庁の次長である。そして華南には姉妹が三人ほどいるが、すべてアルファ。華南は所謂《いわゆる》アルファ一家に生まれたベータで、あえてそのベータを嫁にという話なのだから、両父の間で何かしら取引があったと考えるのが妥当だろう。

恐らく、父は華南の父親に借りがある。そうでなければ、アルファの妻を選びアルファの血を大事にする父が、華南との結婚を推奨するはずがない。父には、好きな道を歩ませてもらった恩がある。その父の頼みで父の何かを守れるのならと、瑛理は話を受け入れた。故に、瑛理は華南を無下にできない。

「さ、行きましょ。忙しいアナタのお父様をお待たせしたくないわ」

熊野の誘いに気を取られて、華南と父との約束を失念していた。せっかく蓮をチームの席に連れていく機会ができたと思っていたのに、それは叶わないらしい。

「あー、悪い……」

「いえ」

誘った手前申し訳なくなったが、蓮は気にした様子はない。

「彼女の言う通り、お約束に遅れてはご家族にも彼女にも失礼です。早く帰り支度をしてください」

蓮は手を伸ばし、瑛理の抱えていた衣裳を引き取る。

「では、次はリハーサルで」

蓮はぺこりと頭を下げて去っていく。その姿を見送っていると、華南に腕を掴まれた。

「ちょっと瑛理、あれってオメガなんでしょ？　大丈夫なの？」

モデルらしからぬしかめ面で、華南は蓮を睨む。蓮の首元に首輪が見えたから、蓮がオメガだと解ったのだろう。

「瑛理、オメガ嫌いでしょ？　現場にあんなスタッフを置くなんて信じられないわ。与良さんったら、何してるのかしら。私からも一言言わせてもらうわ」

「いや、それはもういい。オメガでも、あれは優秀なオメガだ。いい仕事をしてる」

「はぁ？　いい仕事？」

華南は瑛理の腕から手を離し向き合うと、一際声を大きくする。

「ちょっと瑛理、正気なの？　もしかしてオメガのフェロモンにあてられてる？」

「んなわけねぇだろ。探せば、ベータより優秀なオメガもいるってだけだ」

「そんなオメガ、いるわけないでしょ」

「だから、レアなケースだよ。つーかその話はもういいだろ。で、親父と食事だって？」

　これ以上、華南と蓮の話をするつもりはない。瑛理も大概オメガ嫌いだが、華南もオメガが好きではない。家族の中で自分だけがベータであるせいだろう。華南はバース性による優劣に敏感で、そんな女が優秀なオメガという存在を受け入れられるはずがない。

（まぁ、自分も同じだったしな）

　瑛理の衣裳を作りたかったという蓮の好意が、蓮への評価を甘くしている気がする。

「すぐに着替えてくる。店までは与良に送らせるから、少し待ってろ」

　瑛理が言うと、華南はすぐに納得して頷いた。

＊＊＊

　企画公演第二作、『夏の夜の夢』は無事開演し、三週間の公演を終えた。

　一作目の公演は、トラブル続きだった。だが二作目は何もかも順調で、連日チケットは完売し満員御礼。初日を終えた直後の批評家の評価も高く、ＳＮＳでの評判も上々だった。

公演の最終日、例によって芳賀が次の作品選びのためくじを引いた。今作の準備が大変だったこともあり、面倒な演目にならないようにと多くのスタッフが願う。そんな中で芳賀が引いたタイトルは『オセロー』だった。

スタッフは胸を撫で下ろした。著名な作品で登場人物も場面の切り替えも多くない。難点は「主要人物がほぼ死ぬ」ところだが、シェイクスピア作品は悲劇の方が名作が多いから問題ではないだろう。

次回公演まで二ヶ月。再び忙しい日々が確定しているが、千秋楽を終えたこの日は誰もが開放的になっていた。それは瑛理も例外ではなく、「全員参加だ」と誘われた打ち上げに、瑛理も顔を出すことにした。

この日も以前同様、店を貸し切っていた。店内は薄暗く、天井では木製のシーリングファンが回り、造花のグリーンがいくつも垂れている。立食形式のため各所に置かれたテーブルには親しい人間同士が自然と集まり、輪になっていた。

瑛理も初めは俳優仲間の輪にいた。この舞台にはベテラン俳優が多く、こういった懇親会での話から学ぶことも多い。

その輪で暫しの時間を過ごし、瑛理はグラスを持って移動した。混み合った店の中で、目的の人間を探す。だがその前に、別の人間を見つけた。

衣裳責任者、榊である。榊は数名の端役俳優に囲まれ、ボウルいっぱいのサラダを食べている。体格の割に可愛らしいものを食べると思いながら、瑛理は榊に近づいた。

「お疲れ様です」

声を掛けると、榊はレタスを咥えたまま振り返る。同時に、近くにいた俳優が頃合いと思ったのか頭を下げて席を外した。

「何だ、お前か」

榊は瑛理を見ると、目を細めて再びサラダに向かう。榊は瑛理のことがあまり好きではないらしい。

「散々文句言ってた割に、結局蓮の衣裳着て舞台に立ったんだな」

榊はサラダを平らげると、烏龍茶を飲む。ゴツい見てくれに似合わず草食だ。

「俺ァ、お前が素っ裸で舞台に立つのを期待してたんだけどな」

「その節はすみませんでした」

解りやすい嫌味に、瑛理は素直に頭を下げる。

「彼――蓮は、いい仕事をしていると思います」

「縫製のひとつもできねぇ奴が、随分上から目線なこった」

「そういうつもりでは……その、悪かったと思ってます。ただ、アルファにとってオメガは天敵なんです。間違いがあれば、俺は命を奪われる立場にあります。過剰に反応したことは認めますが、アルファなら誰でも同じ反応をします。理解してください」

「命をねぇ」

榊は目を細め、じとりと瑛理を見る。

「蓮がお前の首に噛み付いて、血を吸い尽くすってか？」

「蓮がそういうことをしないのは解っています。それは本当に申し訳なかったと――」

言いかけて、瑛理は止めた。謝罪は、既に蓮にしている。榊に許してもらうことではないのだから、榊に謝っても意味がないだろう。

「あの、蓮は……？」

瑛理は本題に入った。元々榊に用があったわけではなく、蓮を探している。

「姿が見えないようですが」

「お前みてぇなクソアルファがいる飲みの席なんか、アイツが楽しめると思うか？」

「いえ……」

「飲んで、コネクション作んなきゃなんねぇ立場じゃねぇ。わざわざ来る必要ねぇだろ」

「そうですね」

「何だ？　蓮に用でもあんのか？」

「いえ、用というほどのことでは……」

面倒そうに言う榊に、瑛理は適当な理由を探す。

「ただ次の衣裳もあいつが担当するみたいですし、少し話をしておこうかと」

「打ち合わせの日程は、明日にでも俺が調整してやるよ」

「それはお願いしたいですが、事前に話しておいた方が色々スムーズじゃないかと」

「アイツに文句があるなら、先に俺を通せ」

「いえ、すみません。そうではなくて」

榊は、どうも瑛理に対して攻撃的だ。最初の印象が悪かったのかもしれないが、別に瑛理は榊と喧嘩をしたいわけでも、ましてや蓮を見つけて責めたいわけでもない。

「今日来てるのなら、少し個人的に話がしたかっただけです。あいつ、舞台が好きでしょう。知識の幅も広いし、それにいい意味で遠慮がないので、話していると楽で。仕事でしか顔を合わせないので、もし来ているのならと聞いてみただけです。榊さんくらいしか、あいつのこと知らなさそうなので……」

賑やかな音楽と話し声の中、榊はただ黙って瑛理を見る。

「あの——」

「蓮ならウチのオフィスにいる」

また機嫌を損ねたのかと焦ったが、榊は再びサラダに手を伸ばしながら口を開く。

「アイツには時間がねぇからな。起きてる間は四六時中働いてんだよ。今日もオフィスだ」

榊は、ムシャムシャとレタスを咀嚼《そしゃく》する。

「一日二十四時間。アイツが寝ずに働いても、お前が生涯働ける時間に及ばねぇ。言葉の通り、時間がねぇんだ。それが解ってるから、アイツはひとつでも多くアイデアを出して、ひとつでも多くデザインを描いて縫って、仕事に打ち込んでる。俺はアイツのそういう意気込みを買って、俺の下に就けたんだ。結果的に、俺はいい拾いモンをした。アイツには才能がある。ま、才能があったところで使えるのはあと一、二年だけどな」

以前、蓮自身も同じことを言っていた。蓮の命があと二年程度ということは、言われずとも解っている。だが第三者から聞くと、改めて蓮の命が限られているのだと実感する。

榊はそれ以上何も言わなかった。だが蓮の居場所は解ったのだから、十分である。榊の態度の緩和に感謝しつつ、瑛理は頭を下げて席を外した。

その後一次会が終わると同時に、瑛理はタクシーに乗り込んだ。向かう先は、榊のオフィスだ。共演している女優に二次会に誘われたが、瑛理は丁寧に断った。

以前も同じことをしたと、タクシーに乗ってから思った。前回は目的不明瞭のままオフィスに向かっていたが、今ははっきりと蓮に会いたいと思う。

やがて辿り着いたオフィスは、どのフロアもほぼ明かりが点いていなかった。この日、大抵のスタッフは打ち上げに参加している。榊ですら出ていたのだから、恐らくいるのは蓮くらいだろう。

守衛のいる入り口を通り、エレベーターで三階まで上がる。静か過ぎるオフィスを見渡すと一箇所にしか灯が点いていない。

すぐに、蓮がいると解った。暗がりの中、蛍光灯の下に蓮の金髪が見える。

「おい蓮」

名を呼びながら、デスクに近づく。

「おい、れ――」

もう一度呼ぼうとして、しかし言葉を止める。蓮はスケッチを散らかしたまま、机に伏して眠っている。耳を澄ますと、小さな寝息が聞こえる。

瑛理は蓮を起こすのを止め、机上に散らばるスケッチを見た。次作『オセロー』は、軍人オセローが奸計《かんけい》に掛かり妻の不貞を疑い殺し、しかしそれが嘘だと知って自ら命を絶つ悲劇である。女性は華やかなドレス、男性は軍服がメインで、悲惨なストーリーの割に舞台は華やかだ。そのデザインを進めているのかと思ったが、そうではないらしい。

（スーツ……？）

手に取ったそれに描かれていたのは、どう見ても現代のスーツだった。『現代版オセロー』にするという話も聞いていないから、恐らくこれは舞台衣裳ではない。

黒をベースにして、上衿にだけグレイのラインを入れたもの、左右の下衿で色を変えたもの、ラペルラインのカットを独特にしたものなど、様々なデザイン画がある。

何故、こんなものを描いているのか。その疑問が浮かぶと同時に、瑛理の中にはもうひとつ解らないことがあった。描かれているモデルが、自分に見える。以前見た蓮のスケッチにいた瑛理と、まったく同じなのである。

(何で……)

瑛理は、まだ机に残っているデザインスケッチを持ち上げる。すると同時に、カランと音を立てて鉛筆が床に落ちた。

「ン……」

蓮が眠そうな声を上げ、重たそうに頭を上げる。瑛理が「しまった」と思った時には、もう蓮は瑛理を認識していた。

「瑛理さん……？」

「あー……」

暗い部屋を照らす三本の蛍光灯の下で、ぱちりと目が合う。まさか、瑛理がいると思わなかったのだろう。驚いた顔の蓮に、瑛理は慌てて言葉を探した。だが見つけた言葉は、あまり適切なものではなかった。

「お前、こんなとこで一人で何してんの？」

「それはこちらの台詞なのですが」

咄嗟に誤魔化そうとしたせいで、ごもっともな言葉が返ってくる。

「今日は、『夏の夜の夢』の打ち上げだったのでは？」

「そうだけど」

瑛理は諦めて、開き直ることにする。

「もう終わったから、それはいいんだよ。つーかお前がいないから俺が来たんだけど」

「俺がいないから？」

「そうだよ。全員参加だって芳賀さん言ってただろ」

「そうですけど、俺はいつも参加してませんし、そもそも一人くらいいなくても誰も気にしませんよ。他にも不参加の人だっているでしょうし、俺が顔を出して雰囲気を悪くするのも本意ではありませんしね」

別に全員が嫌な気分になるわけじゃないし、雰囲気が悪くなるわけでもない。

言いかけた言葉を、瑛理は止める。全員ではないのは確かだが、大半の人間が歓迎しないことも事実である。

「何か、俺に用があるんですか？」

蓮は仕事の話をしているのだろう。だが瑛理は別に、仕事の話がしたいわけではない。

「用って言うか……お前にも、お疲れの一言くらい言おうと思っただけだよ。榊さん以外、お前にお疲れなんて言ってくれる奴いないだろ」

はっきり「話がしたい」と言うのが恥ずかしく、無理矢理仕事の話に持っていく。すると蓮は目を丸くして、しかし直後には目を細めて笑った。

「アリサさんも言ってくれますよ」

蓮の柔らかな表情に、どきりとする。以前蓮の仕事を認めた時にも、この表情を見た。

「アリサさんもっつっても、やっぱりたった二人じゃねーか」

「そうですね」

くすりと、蓮は楽しそうに頷く。

「だから、瑛理さんは貴重な三人目です。ありがとうございます」

「いや……」

こういう蓮の姿を、外では見たことはない。だがこれが、蓮の本来の姿なのだろう。周りを見ればいつも敵ばかりの蓮は、恐らく常に固く重い鎧を纏っている。衣裳が切られ瑛理が一方的に蓮を非難していた時が、まさにそんな雰囲気だった。それが、蓮が自分を守るひとつの術なのだろう。

だが最近は瑛理と二人きりになると、蓮の雰囲気は随分と変わる。ただ熱心な仕事人ではなく、何処にでもいる普通の青年の姿になる。酒を飲むわけでも肩を組むわけでもないのに、この静かな空気が蓮との距離を縮めている気がする。本来、近寄ることすら許し難いオメガなのに、蓮との距離をもっと詰めたくて、蓮のことをもっと知りたくなる。

その感情が何なのか一瞬認識して、しかし瑛理は蓋をした。

あまりにも、馬鹿馬鹿しい。たまたま蓮がオメガという特殊なバース性を持っているせいで、変に意識をしてしまっている気がする。

「そうだ、これって俺？」

瑛理は、気を取り直した。早く、この静かな空気を変えてしまいたい。

「え？」

「この、お前が描いてたスケッチだよ」

瑛理は、手にしたままだった蓮のスケッチを、テーブルの上に戻す。

「いや、自意識過剰だって笑ってもいいけど、お前の描いてたコレ、俺に似てるだろ」

トントンと人差し指でデザイン画を叩くと、「あっ」と蓮は息を呑む。口元を押さえたま
ま、焦ったように視線を逸らした。

「すみ……ません」

「待て待て、何で謝るんだよ」

急な謝罪に、瑛理は慌てる。

「別に俺でも俺じゃなくても、別に怒ったりしねぇから。で、これって俺？」

「そう、です……」

（やっぱり）

想像の通りで、瑛理は納得した。だが納得できないこともあった。普段、仕事中の蓮は
ハキハキ喋る。自分の仕事への自信もあるのだろうが、今日は珍しく歯切れが悪い。

「で、何でスーツなんだ？」

どうして言い淀むのかと思いながら、瑛理は質問を続ける。

「スーツなんて、着る予定の演目はないだろ」

「そうですね」

「じゃあ何？　お前、別の仕事も受けてんの？」

「いえ、そうではないです」

モデルに瑛理を使って描いているだけかと思ったが、蓮は首を横に振る。

「じゃあ何？」

「これは、衣裳ではなくてただのスーツです」

瑛理は、蓮の言っていることが解らなかった。衣裳のデザインと所謂洋服のデザインは、似てはいるが求められるスキルは全く違う。

「ただのスーツって、お前、スーツも作んの？」

「作れないので、仕事の合間に勉強中です。アリサさんはアパレルのデザイナー出身なので、こっちの方面に詳しくて、たまに教えていただいています」

「お前、舞台衣裳のデザイナーになりたかったんじゃねぇの？」

「そうですよ」

「じゃあ、何でスーツ？　自分のブランドを持つのが夢とか？」

「いえ」

蓮は視線を落としたままで首を振る。

「じゃあ、何でだよ」

「それは、瑛理さんにスーツを着てほしくて……」

「は……?」

思いがけない蓮の回答に、瑛理はぽかんと口を開けてしまう。

「俺に、スーツ?」

「はい」

「いや、それこそ何でだよ。つーか俺、普段あんまスーツとか着ないんだけど」

「以前、俺がやりたいことが三つあると言ったのを覚えていますか?」

もちろん、瑛理は覚えている。蓮が「瑛理の衣裳を作りたかった」と言ったことが、蓮との距離を詰めるきっかけになった。蓮は瑛理に伝えるつもりはなかったようだから、今となってはペラペラと喋ってくれたアリサに感謝している。

「ああ、覚えてるよ。その一つが、俺の衣裳を作ることだったってやつだろ」

「そうです」

「それが、何の関係があるんだよ」

「その二つ目が、瑛理さんのスーツを作ることなんです」

「え……」

この日何度目かの驚きに、瑛理は口を開けたままぱちぱちと瞬きをする。

「瑛理さんがいつか賞を受賞した時に、授賞式で俺の作ったスーツを着てほしくて。だから、勉強中なんです」

蓮は漸く視線を上げて、じっと瑛理を見る。

(マジか)

その瞳を見返しながら、瑛理の気分は高揚した。

蓮は、少なからず瑛理に好意があると思っていた。好きでなければ「瑛理の衣裳を作りたい」などと言わないだろう。蓮の好意を感じていたからこそ、瑛理も蓮への興味が深まった。心理学的にも、好意を示す相手には自然と好意を抱くという。瑛理は自分の感情が、その典型なのではないかとも思っていた。

だがこれほど蓮が自分を好きだとは思っていなかった。

(こいつ、ほんとに俺のこと大好きじゃん)

瑛理は気分が良くなって、思わず頬が緩みそうになる。だが続いた蓮の言葉は、あまり前向きなものではなかった。

「でも、これは叶わないかもしれませんね」

自嘲気味に蓮は笑うが、その理由が瑛理は解らない。

「何でだよ。別に着ないなんて言ってないだろ」

「そうではなくて」

蓮は睫毛を揺らして視線を落とす。

「そもそもこの話は瑛理さんが賞を取らなきゃ始まらないですし、仮に瑛理さんが取ったとしても、俺の技術が間に合わなければそれで終わりです。さっきも言った通り仕事の合間に勉強中ですから、完成する前に俺の寿命が来てしまう可能性の方が高いですし。もちろん、俺が間に合っても瑛理さんが受賞できない可能性もあるんですけど」

「そんなこと――」

ないと言いかけて、しかし言いきれないと思った。

蓮の言う賞とは、恐らく年に一度の演劇・ミュージカルに関する賞のことを指しているのだろう。毎年映画の賞と同じ時期に、舞台の作品や役者に対して贈られる。

今回の公演は評判がいい。だから今年はもしかしたら、ノミネートされるかもしれない。賞のために役者をしているわけではないが、目標の一つではある。瑛理が俳優を続けている限り、日本人の平均寿命を考えればあと五十回以上チャンスがある。

だが、蓮はそうではない。「いつか」などと、悠長なことは言っていられない。

「お前、もっと生きたいって言ってたよな」

「え？」

「前に、俺が聞いただろ。もっと生きたいと思わないのかって」

まだ、蓮と親しくなる前のことだった。「思わないと思います?」と蓮に言われるその時まで、蓮が生きたいと思っているなどと考えたこともなかった。

「無神経な質問したって、自覚はあるよ。あの時は悪かった」

「そんなこと、別に気にしていません」

蓮は、本当に気にしていないのだろう。緩やかに首を横に振る。

「優しい言葉を掛けられたところで、俺の寿命が延びるわけではありませんから」

「それはそうだろうけど」

蓮は、生きたいと思っている。だが生きる方法がないと解っているから、自分の運命を受け入れている。とは言え、本当に生きる方法がないわけではない。

「なら、俺の命を分けてやろうか?」

「え……?」

「確かに、優しい言葉でお前の寿命は延びたりしねぇだろうけど。でも俺なら、お前の寿命を延ばせるだろ」

五十年前、オメガがアルファを誘惑し、アルファの命を奪い寿命を延ばす事件が多発した。寿命の授受のシステムは判明していないことが多いが、アルファとの性交は確実にオメガの寿命を延ばす。

「別に、俺の命を全部やるって言ってんじゃねぇよ。けど、少しは足しになるだろ。日本人アルファの平均寿命は九十二歳。別に、二、三年分お前に分けてやったところで、大した支障は――」

「それって、俺にフェラしろって言ってます？」

真面目な話をしているのに、蓮はくすくす笑って肩を揺らす。口淫の話になったのは、以前瑛理がそれを言ったせいだろう。蓮に仕事を辞めさせるための挑発の言葉だったが、今の提案は勿論そんなつもりではない。

「そうじゃない。俺は、お前の寿命を少しでも延ばす方法を――」

「お気持ちだけ頂いておきます」

蓮は、もう笑っていなかった。穏やかな表情で、すっと席から立ち上がる。

「これは榊さんしか知らないので、誰にも言わないでほしいんですけど」

蓮はシャツのボタンを外し襟元を緩めると、装着した黒い首輪に指を掛ける。丁寧に両手で留め金を取ると、するりと首輪を外した。

本来、オメガが外で首輪を外すことは禁止されている。アルファの目の前で外すなど、もってのほか。だが瑛理が硬直してしまったのは、首輪を外したからではなかった。

蓮が後ろを向いて露わにした頸に、噛み跡があったためである。頸への噛み跡。それが何を意味するのか、オメガ嫌いを公言する瑛理も流石に知っている。

「見ての通り、俺には番がいます。だから他の誰かと交わることは考えられません」

瑛理は想像もしていなかった事実に動揺し、その場から動けなくなる。

「待て。じゃあ、お前の寿命は二年とかじゃなくて、もっと長く生きられるってことなのか？」

「いいえ」

蓮は瑛理に向き直り、再び首輪を装着する。

「死にますよ。俺に残された時間は、やっぱりあと二年です」

「それって、どういう――」

「でもその詳細をお話しするほど、俺と瑛理さんは親しくありませんよね」

蓮は、微笑んでいる。話している内容と、表情が全く噛み合っていない。

先ほど、嬉しそうに微笑んでいた蓮もスーツのデザインを見られて戸惑っていた蓮も、何処かに消えている。目の前には、まるで知らない人間が立っている気がした。

＊＊＊

その後、瑛理は多くを話すことなく蓮と別れた。聞きたいことはあった。番がいるなど想像もしていなかったし、一体いつできた番なのか、それが誰なのか、番がいるのに何故寿命が変わらないのか。その疑問をぶつけることは、結局できなかった。

蓮が「そろそろ帰ります」と片付けを始めたためである。瑛理が情報を整理できたのは、自宅マンションに帰ってシャワーを浴び、ベッドに転がってからだった。

(榊さんとか……?)

榊はベータだ。だが噛み跡を付けようと思えば、付けることはできる。オメガのフェロモンが強ければベータでも感じることがあると聞くし、榊がベータ故に蓮の寿命を伸ばせないとしたら話は通る。そもそも蓮と親しい人間など、榊とアリサくらいしかいない。

(いや、可愛い顔してアリサさんが噛み付いてるって線も……)

そこまで考えて、現実的ではないと思った。二人ともベータだし、蓮と性的な関係がある様子はない。瑛理は蓮の交友関係を全て知っているわけではないし、何年も前に蓮がアルファを誘惑していた可能性もある。基本的に薬を飲んでいればアルファはオメガのフェロモンに反応しないが、事故がないとも言い切れない。事故で番になったのなら、普通、アルファはオメガの前から姿を消す。アルファにとってオメガフェロモンは天敵だが、番になればその力は通常の比ではない。抗フェロモン剤も効かなくなるため、近くにいれば嫌でもフェロモンに当てられ、性交を重ね、命を搾り取られていく。であれば蓮の番もとうに関係を切り、蓮が命を繋ぐ手段を失っていたとしてもおかしくない。

とは言え薬がある現代で、アルファとオメガが番になった話などそう聞くものではない。

蓮の相手が何者なのか。いつのことなのか、どういう経緯で番になったのか。その番は今何処にいるのか。

瑛理の中には疑問と、漠然としたモヤモヤが残った。だが考えても結論は出ない。結局その日は考えるうちに眠りに落ち、朝になった。

午前から台本の読み合わせが入っている。朝九時には与良が迎えに来る予定になっていて、スマートフォンを見ると既にメッセージが入っていた。

『予定通り向かいます』

瑛理は身支度をして、部屋を出る。エレベーターで駐車場まで下りると、既に与良がいた。瑛理が後部座席に乗り込むと、与良はすぐに車を発車させる。

ハイブリッド車の走行音は静かで、しっかり閉めた窓は外界の音も遮断する。瑛理は事前にもう一度確かめておこうと、鞄から台本を取り出す。揺れる座席で少し台詞に目を通したが、しかし集中しきれずにすぐに閉じた。

「そういやさ」

瑛理が話しかけると、与良はバックミラー越しにチラリと瑛理を見る。

「何ですか?」

「昨日、生まれて初めて人にはっきり振られたわ」

「は?!」

雑談のつもりで話し始めたが、与良は過剰に反応する。

「待ってください。まさか、打ち上げで何かあったんですか?! スキャンダルなら――」

「あー、いやそうじゃない」

瑛理が言っているのは蓮との話で、女絡みではない。ただ「セックスしてやろうか」と同義の提案を断られたことも「それほど親しくない」と言われたこともショックで、今もジワジワ胸を抉っている。

(いや、俺が親しくないならあいつの親しいって誰だよ)

蓮が親しいと呼べる人間など、片手で数えても余る。それに蓮の中では、少なからず――死ぬまでにやりたいことの二つに入れるほどには――瑛理は特別なはずである。

だが頸の噛み跡のように、蓮の知らない面があるのも事実だった。

(こちとら、抱かれたい男にも彼氏にしたい男にも、友達にしたい男にもランクインしてんだぞ)

瑛理は、世間からの好感度が高い。確かに最初の蓮への態度は悪かったかもしれないが、それはもう清算できているはずである。

一晩寝て落ち着いたと思っていたが、またモヤモヤが湧き上がる。その鬱屈した思考を遮断したのは、与良の声だった。

「あの、瑛理さん。一応、その振られたくだりは私も把握しておきたいのですが」

それはそうだろう。マネージャーという立場上、面倒ごとには早めに対処したいと思うはずだ。だが、与良は誤解している。

「ホントに大した話じゃないし、何もないんだよ。例の衣裳デザイナーとちょっと色々あっただけだから」

「衣裳デザイナーって、あの榊さんの下についてるアリサさんって子ですか？」

「いや、そっちじゃなくて蓮だよ」

「蓮……って、まさかあのオメガですか?!」

運転中にもかかわらず、与良は焦った表情で後ろを向く。

「何か、あのオメガとあったんですか？　襲われたとか」

「だから、何もないって言ってんだろ。俺が振られて終わっただけだ」

「待ってください。まさか、オメガに手を出したとかじゃないですよね」

「出してない出してない、ホントに何もないって。だから与良さんは前見て運転して」

シッシと手で追いやると、与良は渋々前を向く。

「与良さん、蓮のことって何か知ってる？」

仕事柄、瑛理の周りの人間の情報は与良の方が詳しい。

「あいつ、結構いい仕事するんだよ。センスもいいし、知識も広いし、何つーか……」

一緒にいて楽しい、と言いかけた言葉を瑛理は止める。流石にそこまでオメガに興味を示していると与良が知れば、心配するし止めに入るだろう。

「あいつは、普通のオメガとは違う感じがするんだよ。っていうか、普通のベータとかアルファとも違う。だから襲ったり襲われたりってことはないけど、正直気にはなってるよ。あいつが何者なのか、何か知ってたら教えてくんない？」

与良はスキャンダルがないことに安心したのか、ふうと息を吐いてハンドルを握る。

「一応、調べてはいますよ。流石に瑛理さんに近づくオメガを、放置はできませんから」

「何か知ってんの？」

「彼は二十になる直前から、榊さんの下で働いているようです」

カチカチとウィンカーを出し、車は大通りを左折する。

「どういう経緯で榊さんのところに来たのかは解りませんが、入社した当初から、あまり周囲からは歓迎されていなかったようです。まぁオメガの同僚を嫌がる人は多いでしょうから、仕方ないと思いますが」

「今と同じってことか」

「ですが、常に榊さんが彼を庇ってきたようです。榊さんの妹さんの話を、瑛理さんは知っていますか？」

「いや、聞いたことない」

「榊さんには、三つほど離れたオメガの妹さんがいたそうです」

「いた……ってことは、もう死んでるんだな」

「ええ。榊さんはもう五十を超えていますから、妹さんが亡くなったのは二十年近く前のことです。榊さんがオメガに拒否反応がないのは、妹さんのことがあるからでしょう。彼に妹さんのことが重なったから、助けようとしたのかもしれませんね」

蓮は、確かに有能だ。だがきっと、始めから高い技術を持っていたわけではない。榊のもとで修行をしてきたからこそ、今の蓮がある。蓮を榊が拾い育てた背景にそういうことがあったのだと言われれば、納得できる。

だが、もう一つ疑問が生まれた。通常、バースの判定が出るのは十六から十八歳。遅く見積もったとしても、蓮が榊のところに来るまでにタイムラグがある。

「ちなみに、榊さんとこに来る前ってどっか別の会社に所属してたとか？」

元々、蓮は衣裳デザイナー志望と言っていた。榊ほど面倒見のいい人間がそうそういたとは思えないが、それでも何処かのデザイン事務所にいた可能性がある。

「流石に、オメガで専門学校なんかは行けないだろ。働き口探して転々としてたとか？」

「そのあたりのことは私も解りませんが……ただそれより以前、学生だった頃は俳優を目指していて舞台にも立っていたみたいですよ」

「は……？」

想定外の話に、瑛理は前の座席のヘッドレストを握って身を乗り出す。

「あいつが舞台に？」

「ええ、そのようです」

「待て、俺はそんな話聞いてない」

　二人で衣裳合わせをしていた際、舞台が好きだとか何とか言いながら、互いの夢について話したことがある。その際、蓮は元々衣裳デザイナー志望だったと言っていた。だからこそ「瑛理の衣裳を作りたい」という夢を持っていたはずである。

「あいつはずっと裏方志望って言ってた。足の怪我だってある。人違いじゃないのか？」

「そんなことはないと思いますよ。ちゃんとした調査会社を使って調べましたし」

　座席の間から顔を出した瑛理を、与良は手で制して下がらせる。

「話が違うというのなら、彼が嘘をついているんじゃないですか？」

「嘘？」

「そのくらいのこと、して当然です。彼はオメガですよ？　アルファの瑛理さんに嘘を吐く理由なんて、いくらでもあります。何と言っても、彼が長生きをするためにはアルファを誘惑する必要があるわけですから」

「あいつはそんなことするオメガじゃない」

「瑛理さん」

　赤信号で車が止まると、与良は再びバックミラー越しに瑛理を見る。

「確かに、私も彼の作る衣裳は良いものだと思います。センスもありますし、才能もあるんでしょう。榊さんが彼を贔屓にしているのは事実でしょうが、妹の件だけで特別扱いしているわけではないと思います。ですが彼にとって、瑛理さんは餌なんですよ」

与良の声は、窘めるようなものになっている。

「物珍しさから彼に興味を抱いているのでしょうが、あまり入れ込むのは反対です」

与良の気持ちが、解らないわけではない。あれだけオメガ嫌いを公言していた瑛理が、突然オメガに興味を示したのだから不安に思うだろう。それは瑛理自身も感じていることで、今でも何故蓮だけを許容できるのか、自分でも解らない。

だが蓮が嘘をついているとは、やはり思えない。それが「思いたくないだけ」だったとしても、やはり蓮を信じたい気持ちがある。

＊＊＊

台本の読み合わせから一週間後。

瑛理は稽古場にいた。都内にあるスタジオで、大きな公演の練習によく使われている。

この日は台本の後半の半立ち稽古だが、同時に衣裳の打ち合わせもある。スタジオ内の会議室を使い、衣裳や大道具など複数の調整を並行して進めている。

午後三時過ぎ。衣裳の打ち合わせをする時間になり、瑛理は会議室に向かった。この日はラフ案の提示があり、簡単なすり合わせをするのみとになっている。

瑛理は自販機でミネラルウォーターを二本買ってから、会議室に入った。デザイナーは瑛理以外にもヒアリングがあるから、蓮はずっと喋り通しだろう。自分以外の人間が蓮に気遣いをするとは思えないから、少しは喜んでくれるかもしれない。

そう思い部屋で待っていたが、しかしやがて入ってきたのは蓮ではなかった。

「時間がねぇ、始めるぞ」

ノックもなく扉を開けたのは、榊である。まさか蓮以外の人間が来るとは思っていなかった瑛理は、思わず立ち上がった。

「あの、何で榊さんが……」

ズカズカと部屋に入ってくる榊を、瑛理は視線で追う。榊はドスンと椅子に座り資料を広げた。その様子を呆然と見下ろす瑛理を、榊は手を止めて見上げる。

「何だ、俺じゃ不服か？」

「いえ、全然不服ではないです」

相変わらず眼力がある榊の前に、瑛理は大人しく椅子を引いて座る。

「むしろ榊さんに担当していただけるなんて、光栄です。ありがとうございます」

「そりゃ良かった」

「いや、でも蓮じゃないんですか？　直接話した方がいいって言ってたじゃ……」

「今日は蓮が出れる状態じゃねぇからな。アイツが回復するまで、俺とアリサで分担だ」

不穏な話に、瑛理は眉を寄せる。

「回復って……あの、蓮は大丈夫なんですか？　出れる状態じゃないほどって」

瑛理はまた立ち上がる。だがふと、ある考えに至った。

「もしかして、発情期とか……」

蓮のそういう姿を、瑛理は一度も見たことがない。だがオメガである以上、発情期はあるのだろう。アルファには薬があるが、オメガにはない。故に発情期になればオメガは家に籠り苦しむしかないから、発情期で仕事に出られないというのなら納得がいく。

だが、蓮には番がいる。番がいるオメガは、通常アルファと性交して発情期を過ごすという。そうすれば苦痛は和らぐと聞くし、だから番がいる蓮にとって、発情期はさほど苦痛を伴うものではないのではないか。

瑛理はそこまで想像して苛つき、しかしその直後には深く呼吸をして落ち着いた。

蓮は、あと二年で死ぬと言っていた。つまり今の蓮の側に、番のアルファはいない。

「その、俺は蓮が普通に働いてるところしか見たことないんですけど、やっぱあいつも発情期はあるんですよね？」

蓮は、榊に絶対的な信頼を置いている。番がいることを教えているくらいだし、発情期のサイクルも知っているだろう。だが、榊は不機嫌そうに目を細める。

「アイツは発情なんてしねぇよ」

榊は手にしていたペンで、カツカツと机を叩く。明らかに苛立っているのが解ったが、しかし瑛理は黙ることができない。

「は……？　発情しない？」

「そうだよ。今日は単に具合が悪いだけだ」

「あの、それはそれで心配ですけど、でも蓮はオメガですよね？」

「そうだよ、お前が大ッ嫌いなな」

「いえ、別に俺は蓮を嫌っているわけでは……というか、じゃあ何で発情期がないんですか？　番がいるからですか？」

長くオメガを嫌悪してきたため、オメガの生態がよく解らない。次々に湧き出る疑問をそのまま榊に投げ掛けると、榊はピクリと眉を動かした。

「お前、蓮の番のこと知ってんのか」

「少し前に、噛み跡を見せてもらいました。このことは榊さんだけが知っていると……」

榊は動かしていたペンを止め、じっと瑛理を見る。

「一般的に、番ができると番としか性交しないとは聞きますが、番ができたらそのうち発情期もなくなるもんなんですか？」

純粋な気持ちで瑛理は尋ねる。だが榊は暫《しばら》く沈黙したのち、深すぎる溜息を吐いた。

「はぁ、ンなわけねぇだろ」

苦々しい表情で、榊は頬杖をつく。人気俳優の瑛理を相手にこういう態度を取るのは、榊くらいだろう。出会ったばかりの頃の蓮もそれなりに無礼だったから、この二人は似ているのかもしれない。

「蓮は発情期がないってわけじゃねぇよ。つーか、番がいるから発情期がなくなるなんて聞いたことねぇ」

「やっぱり、そうですよね。そんな気はしてました」

失言だと笑ってみたが、榊は笑わない。

「じゃあ、何で発情しないんですか？　特殊な体質とか……」

「クスリだよ」

榊が足を組んで背もたれに体重を預けると、メッシュ状のそれがギッと軋む。

「アイツは、薬を飲んでんだ。発情を抑える薬をな」

「そんな薬、あるんですか？」

「治験段階のモンだよ。お前は知らねぇだろうが、アルファに薬があるように、オメガのための薬だって開発はしてる。けど金掛けらんねぇからなのかホントに難しいからなのか、ろくな薬ができやしねぇ。副作用が強くて、使い物になんねぇよ。けど一応、発情は収まるからな。アイツは今日、その薬を飲んでて動けねぇんだ」

「そう、だったんですか」

副作用と言われても、想像がつかない。あれほど仕事熱心な蓮が休むくらいなのだから、やはり重いものなのだろう。だがそうなると、別の疑問が湧く。

「ですがそんなに重い副作用が出るなら、発情期になっても変わらないんじゃ……」

発情期を抑えても別の問題が出るのなら、あまり薬の意味がない。だからこそ承認されていないのだろうが、それをわざわざ蓮が飲む理由が解らない。

「発情期の方が楽とかないんですか？　発情期って、そんな大変なものなんですか？」

「大変かどうかは本人しか解んねぇところではあるが」

榊は腕を組んで、足を組み直す。

「アイツは発情期がツラいから薬を飲んでるわけじゃねぇんだよ。発情期になりゃ、一週間はまともに仕事ができねぇだろ。でも薬がありゃ、一日二日は動けなくても三日目には復帰できる。アイツにとっちゃ、副作用があっても薬が必要なんだ」

「なるほど……」

「それもこれも、クソみてぇなアルファが蓮に噛み付いて捨てたせいだ」

榊は、忌々しそうに目を細める。

「アイツさえいなきゃ……」

「榊さんは、蓮の番を知ってるんですか？」

榊は無言で瑛理をじっと見て、しかしすぐにフッと嘲笑を浮かべる。

「知ってるよ。クソみたいな男だ。噛みつかれたんだから、蓮もそいつを引っ掴んでフェロモン撒き散らして寿命を奪っちまえばいいのに。アイツはそうしねぇ。まぁ、もう帰って来ねぇし、蓮も待ってねぇみたいだけどな」

そこまで言うと、榊はテーブルに広げていた資料を手元に寄せる。榊は雑談をしに来たわけではなく、蓮の代理として此処に来ている。そろそろ、仕事の話をすべきだろう。

だが榊の言う「クソみたいなアルファ」の話が頭から離れず、瑛理はあまり集中することができなかった。


瑛理が蓮と再会したのは、それから四日後のことだった。

瑛理が日々稽古をしているスタジオで、この日は具体的なデザイン案を提示される予定になっている。榊と摺り合わせた内容で蓮がデザインを上げ、それを演出家の芳賀に提出。その後修正したものを、今度は瑛理が確認する。

スケッチブックを持って現れた蓮は、相変わらず黒いプルオーバーに黒パンツだった。髪はすっきりと一纏めにしていて、短いフェイスラインの毛だけがはらりと下りている。具合が悪そうには見えない。榊の言っていた薬がどんなものなのかは知らないが、いつも通りの蓮に少し安心する。

「お前、もう大丈夫なの？」

「ええ、ご迷惑をお掛けしました」

「突然榊さんが来たから、びっくりした」

「その榊さんのメモが解りやすかったので、デザイン、いい感じに仕上がってますよ」

蓮は、スケッチブックを掲げて見せる。

「俺は特に急いでいませんから、瑛理さんのきりのいいところでお声掛けて下さい」

「じゃあ、三十分後にしてくれ。一旦休憩になる」

「解りました」

「一階の会議室を取ってるから、そこで待ってろ。人も来ない」

「ありがとうございます」

蓮はぺこりと頭を下げ、去っていく。その姿を見送って、瑛理は稽古に戻った。

この日は蓮が来ることを知っていたから、会議室の利用を申請しておいた。蓮は稽古場にも劇場にも出入りするが、それを歓迎していない人間もいる。というよりそういう人間が大半だから、決して居心地は良くないだろう。今日は別件で受ける取材の趣意書を確認する予定もあったから、人のいない場所を借りておくのは瑛理にとっても丁度よかった。

待つ間、病み上がりの蓮が少しでも穏やかに過ごせればいい。そう思って稽古の区切りのところで階下に向かったが、しかし会議室へ向かう廊下で女の叫び声を聞いて驚いた。

「キャアアア！」

悲鳴に近いその声は、瑛理の耳に覚えがある。

何事かと声の聞こえてきた部屋、蓮の待つ会議室に瑛理が駆けつけると、中には想定した通り蓮が、そして想定していなかった女がいた。瑛理の婚約者、華南である。

「華南……何でお前が」

「瑛理！」

扉を開けるなり、華南は駆け寄ってきて瑛理に抱きつく。

「何で、じゃないわ！　あまりにも悍ましくて恐ろしくて、震えていたところよ！」

華南はキッと蓮を睨みつけながら、瑛理の後ろに後ずさる。

「さっき私の撮影が終わって、時間があったから差し入れでもしようと思ってこのスタジオに来たのよ。それで瑛理が今日は此処にいるってスタッフの人が教えてくれたから、来てみたらこのオメガ、勝手にアナタの控え室に入って、それどころかアナタの着替えを嗅いで発情してたのよ。信じられる?!」

華南に言われ、瑛理は蓮を見る。蓮の手には、確かに瑛理のシャツがある。両手で握るそれに顔を埋めているわけではないが、顔を青くして手を震わせている。

事態が飲み込めず瑛理は立ち尽くしていたが、やがて蓮の震える声が部屋に響いた。

「す、すみませ……」

「すみませんじゃないでしょう！」

息を呑み、視線を彷徨わせる蓮に華南が叫ぶ。

「気持ち悪い、吐き気がするわ！　早く出て行って！」

華南は今にも何か蓮に投げつけそうな勢いだったから、近くに刃物の類がないのは幸いだった。興奮を収めさせようと、瑛理はゆっくり華南を引き剥がす。だが華南は離れなかった。

「瑛理！　こんなオメガ、早く仕事から降ろして！」

再び瑛理のTシャツを握り、華南は叫ぶ。

「不法侵入よ。警察に通報するわ」

「おい、待て」

まずは状況を尋ねたかったが、過激なことを言い出す華南を瑛理は止める。

「不法侵入じゃない、俺が待たせたんだ」

「はぁ?!　何を考えてるの」

華南は整った顔を、酷く歪ませる。

「仕事だ。これからこいつと、衣裳の打ち合わせだよ。待ってろって言ったのは俺だ。それより、不法侵入はお前の方だろ」

「私はスタッフに案内されたって言ったでしょ」

「俺は聞いてなかった」

「事前予約しなきゃ会えないの？　私たち婚約してるのに」

「そういう話じゃない。ただ公私を弁えてくれと――」

華南に対して、特別な愛情は持ち合わせていない。だが華南と揉めれば、父に迷惑が掛かる。自分一人のことで済まされない以上、まずはこの場を収めなければならない。

だが瑛理の声を遮るように、別の声が響いた。

「あの」

差し込まれた蓮の声に、瑛理だけでなく華南の視線も向かう。

「すぐに席を外します。本当に、すみませんでした。弁解の言葉もありません」

「待て、出て行くな！」

シャツを机に置き頭を下げ出て行こうとする蓮を、瑛理は声を張り上げて引き止める。

「お前は仕事のために此処にいるんだ。いろって言ったのは俺だし、そのままでいい」

だが瑛理の言葉に反応したのは、蓮ではなく華南だった。

「瑛理?!　正気なの?!」

想定はしていた。瑛理はうんざりしつつも華南に向き合う。

「正気だし、これは仕事だ。だからお前は今日は帰ってくれ。解ってるだろ。この企画公演は本当にスケジュールがタイトなんだ。だから稽古場まで来てくれるよう、俺がこいつに頼んだんだよ。この話は、それ以上でも以下でもない」

「瑛理、アナタこのオメガに命を奪われそうになってるのよ。状況が解ってる？」

「華南」

「あなたのお父様が知ったら、何て言うか」

「華南、終わったら連絡するから」

華南の両肩に手を置き、瑛理は華南の目を見る。華南は父の話をチラつかせたが、華南が瑛理のことを吹聴することはないだろう。華南はプライドが高く、瑛理が自分ではなく蓮を選んだことを恥と思っているはずだ。

瑛理はそれ以上、何も言わなかった。ただ目で圧を加え続けると、華南は不満げに視線を逸らす。一応は納得したのだろう。

「連絡、待ってるわ。あと、これは差し入れよ。皆さんで食べて」

華南は床に落としていた紙袋を拾い上げ、瑛理に渡す。

「解った。お前からだって伝えておく」

瑛理が紙袋を受け取ると、華南は蓮をもうひと睨みしてから部屋を出る。

そうして、漸く部屋は静かになった。会議室はある程度の防音性があるから、中の会話は外に漏れていないだろう。

「本当にすみません」

　音のなくなった部屋に、蓮の小さな声が響く。蓮は未だ視線を逸らしたままで、瑛理を見ようとしない。

「シャツは、新しいものを買ってお返しします。それと担当者の変更を――」

「んな必要はねぇし、新しいモンなんていらねぇよ」

　はぁ、と瑛理はこれ見よがしに溜息を吐く。

「俺の方が、お前より高給取りなんだ。お前に買ってもらわなくても自分で買える」

「すみません」

「あー、そうじゃない。謝るな。それは別にいいから」

　蓮を責めたかったわけではない。ただ微妙になってしまったこの空気は、これ以上続けたくない。

「つーか、お前が欲しいならそれはお前にやるよ」

「え……？」

「お前、俺のアルファの匂いに反応したから俺のシャツ掴んでたんだろ？　特に今は発情期っぽく見えねぇけど、それでもアルファの匂いって解るもんなんだな」

「ええ、まぁ……」

　動揺の色を残しながらも、蓮は頷く。

「たまに、匂いに敏感になることがあって……すみません」

「だーから、謝らなくていいって言ってんだろ。じゃ、もしかして発情期になったら、アルファの匂いするもんに欲情したりすんの？」

言い淀むくらいなのだから、きっとそうなのだろう。予想がつくし返事がイエスでも瑛理は気にしないのに、蓮は口を噤んで硬直する。

瑛理は蓮に近づいて、机の上に置かれたシャツを手に取った。嗅いでみたが、特に匂いはしない。

「な、欲情すんの？」

「……多少は」

蓮の声は消え入りそうになっている。

「じゃ、益々コレ必要じゃん」

華南はシャツを「嗅いでいた」と言っていた。実際どんな状態だったのかは解らないが、蓮は勝手に人のものを漁るような人間ではない。本能的に、アルファの匂いを求めていたのだろう。その本能は、恐らく発情期になればより強くなる。

「榊さんから、お前が発情期抑えるために強い薬を飲んでるって聞いた。治験段階だから副作用も酷いって。そうなんだろ？」

「え……ええ、まぁ……そうです」

「薬の副作用も発情期も、俺はどんなもんなのか解んねぇよ。けどこんなもんでお前が楽になるなら、やっぱりコレはお前にやる」

くしゃりと握ったシャツを差し出したが、蓮は一歩下がって押し返す。

「そんな、頂けません」

「いいから、取っとけって。お前がベストな状態で仕事ができない方が、俺は困んだよ。一応、賞取るつもりで行くんだから。お前だって、俺が取らなきゃ困るだろ」

「それは、どういう……」

「馬鹿。俺が賞取らなきゃ、お前の二個目の夢が叶わねぇんだろうが」

蓮を追い詰めるようにシャツを押し付けると、蓮はおずおずとシャツに手を伸ばす。その手を取って無理矢理握らせてから、瑛理は漸く蓮から離れた。

「じゃ、スケッチ見せろよ」

この話は終わりだと、瑛理は席につく。普段は蓮の正面に座るが、いちいち正面まで戻るのが面倒で隣に座った。

以降は仕事の話をした。今作、瑛理はムーア人を演じるため、肌の色を変え髪は黒く染めオールバックにする。だいぶ雰囲気が変わるので、蓮のスケッチもそれに合わせて描かれている。白いシャツに、マントは黒。装飾には赤色を混ぜている。

部分的に気になるところを指摘して、打ち合わせは三十分ほどで終わった。蓮は広げていたスケッチや資料をまとめると、トントンと机で整えて胸に抱える。

「では、またご連絡します」

蓮は頭を下げて、部屋から出て行こうとする。だが瑛理は、蓮を引き留めた。

「おい蓮、忘れ物」

机の上に置いたままのシャツを、蓮に押し付ける。蓮はあえて置いて行ったのかもしれないが、このシャツはもう蓮に渡したものだ。

「本気だったんですか」

「当たり前だろ」

「ですが、瑛理さんが着て帰るものがなくなります」

「与良に電話して持って来てもらう」

「ですが――」

「もしかして、俺が今着てる汗染みたTシャツとかタオルとかの方がいい？」

素直に受け取ろうとしない蓮に、瑛理はTシャツを掴んで見せる。

「お前がこっちの方が良ければ、今脱いでやるけど」

「な……っ」

ぎゅっとスケッチブックを握り、蓮は焦り出す。

「どうなんだよ」

「このシャツで、いいです」

「じゃ、コレで」

瑛理が簡単にシャツを畳んで押し付けると、蓮はおずおず手を伸ばす。

「で、お前、そのシャツでオナったりすんの？」

だが受け取ったと同時に瑛理が尋ねると、蓮はピタリと動きを止めた。

「し……ませんよ」

頬を赤く染めて、視線を逸らす。

（するんだ……）

瑛理は、それ以上尋ねなかった。興味があっただけで、蓮を虐めたいわけではない。

「じゃ、仕上がり楽しみにしてるからな。よろしく」

瑛理はポンと蓮の肩を叩くと、華南の持ってきた紙袋を抱えて蓮より先に会議室を出る。

パタンと扉が閉まる音を後ろに聞きながら、稽古場に戻る瑛理の足取りは軽かった。

蓮が、自分の匂いに発情する。

その事実に、瑛理は悪い気がしなかった。というより気分が良かった。見知らぬ女に「あなたに発情します」と言われても嬉しくないし、むしろ人を性的な目で見ているのかと気分が悪くなる。それがオメガともなれば、命を狙う気なのかと嫌悪すら覚える。

だが、蓮なら嫌ではない。むしろ番がいるにもかかわらず、番ではなく瑛理を選んでいることに優越感を覚える。

薬を飲んでいる瑛理は、オメガの匂いなど解らない。オメガのフェロモンなど感じたいとも思わない。だが蓮がどんなフェロモンを発するのか、蓮がどんな風に発情するのか、瑛理のシャツを握ってどんな風に自慰をするのか。

想像すると、思わず顔が緩んだ。

それからも、舞台の準備は順調に進んだ。大道具も仕上がり、衣裳も完成して合わせも微調整も済んでいる。本番まであと一週間。今日のリハーサルを終えれば、三日後のプレスを招待したゲネプロを残すのみになる。役に合わせ、瑛理は髪を黒く染めた。

この日は、スタッフが全員揃っている。最終調整の意味合いもあり、普段は顔を出さない蓮も客席から仕上がりを確認している。

瑛理は、蓮を目で追うことが増えた。もちろん演技中や稽古中は、そちらに集中している。だが合間にスタッフと話をしている時間などは、無意識に蓮の姿を探してしまう。蓮は気づかないこともあるが、気づけば大抵瑛理に視線を留め、口元を緩める。

蓮が仕事場に来るようになったのは、瑛理の衣裳の件でひと揉めしてからだった。それまで、蓮はオメガが舞台に関わっているということを、少なくとも役者には隠しているようだった。当然だろう。瑛理はオメガ嫌いを公言していたし、そうでなくてもアルファの多い現場なのだからオメガ嫌いは多い。最近、頻繁に顔を出せるようになったのは、企画公演も終盤に差し掛かり、此処で「辞めます」と言い出す役者もいないからだろう。

（オメガがいるっつったって、アルファは薬を飲んでるだろうに）

これだけ近くにいても、蓮のフェロモンを感じたことはない。蓮は誰にも迷惑を掛けていないし、仕事を見れば蓮が優秀な人間だと解る。それなのに、誰も蓮を認めない。

（蓮は、そこらのオメガとは違うだろ）

アルファであっても無能な人間もいるし、オメガであっても無害な人間もいる。蓮は「無害で優秀」な稀有《けう》なオメガなのだから、もう少し認められてもいいと思う。

蓮は今、榊と一緒に客席に座っている。前から三列目、客席の灯りを点けているせいで、舞台袖に立つ瑛理からもよく見える。その姿を見つつ自分の出番を待っていると、しかし進行を止める声が入った。

「ストップだ。おい綾奈《あやな》、そんなガサツに動くな。エミリアは娼婦じゃないんだぞ」

芳賀の声に、舞台にいた全員の動きが止まる。

「夫の前と主人の前じゃ態度が違うんだ。もっと所作を使い分けろ。それと榊、綾奈の裾を少し上げてやれ。あの歩き方じゃ侍女に見えん。裾上げしたら少しマシになるだろう」

背後を振り返った芳賀に、榊と蓮が立ち上がる。

「裾を上げずに、中のパニエのカサで調整できる。蓮、やってやれ」

蓮は頷いて、ステージに向かう。芳賀と榊の指示であれば、誰も文句は言わない。

「失礼します」

蓮は女優の前に膝をついた。何か喋りながらスカートの丈を調節し、女優を歩かせながら確認をしている。そんな蓮の姿を舞台袖から眺めていると、聞き覚えのある声に呼ばれた。

「瑛理」

振り返ると、華南がいる。

瑛理は驚いた。稽古スタジオでの一件以来、一応気に掛けて連絡を取っているし会ってもいる。これ以上仕事に干渉されないためと、父親の顔を立てるためだ。それなのにまた仕事場に現れたことに、瑛理は頭が痛くなった。

「来るなんて聞いてなかった」

「言ったら来るなって言うでしょ。リハーサルだって聞いたから、少し見たかったのよ。それに皆さんに差し入れも持ってきたくて」

華南は、背後に立つ自分のマネージャーをちらりと見る。その男は両手に菓子が入っているらしき紙袋を抱えていた。

「それと、これは瑛理に使ってほしくて持ってきたの」

華南は紙袋から白いタオルを取り出すと、瑛理の顔に当てて汗を拭く。

「これから長丁場なんだもの。いくらあっても困らないでしょ？」

「タオルくらい自分で持ってる」

「でも、恋人のプレゼントは特別なはずだわ」

華南はニコリと笑ってタオルを押し付ける。瑛理は仕方なく受け取った。柔らかいそれは確かに心地いいが、この後の出番を考えると邪魔になる。

どうやって華南を追い払うか。瑛理が考えていると、突如、榊の声が響いた。

「蓮！」

瞬時に振り返ると榊が客席から舞台に向かって走っており、その先では蓮が胸を押さえて蹲《うずくま》っている。その様子を、周囲の役者は呆然と見下ろしていた。

「どうした⁈　蓮、大丈夫なのか⁈」

「すみません、少し気分が悪くなっただけで……大丈夫です」

眉を寄せて舞台下から声を掛ける榊に、蓮は力無げに顔を上げる。言葉に反し、その表情はとても「大丈夫」には見えなかった。苦しそうに服を掴み、呼吸を荒くしている。

「蓮！」

手にしていたタオルを放り投げ、瑛理は舞台に飛び出した。目の前で人が苦しそうに蹲っているのに、誰も手を伸ばそうとしない。そのことに憤りを覚えながら、瑛理は膝をつき倒れそうになる蓮を両手で支える。

「お前、全然大丈夫じゃ――」

とても、このまま仕事ができる状態ではない。すぐに医務室にでも運ぶべきだろう。瑛理はそう思ったが、それより先の思考が停止し、動くことができなくなった。

「瑛理さ……」

蓮は、呼吸を荒くしている。Tシャツの胸元を強く握り、薄く唇を開いて瑛理を見る。その頬は熱を帯び、赤く染まっていた。唇も赤い。涙を溜めた目はとろんと溶けており、崩れる身体を強く支えると、それに反応するようにびくりと身体を震わせる。

「お前、突然どうし……た……」

蓮は切なそうに目を細めながら、震える手で瑛理の衣裳を掴む。その手を握るように重ねてから、瑛理は自分の身体が熱を持っていることに気づいた。

どくんと、心臓が鳴る。まるで高濃度のアルコールを摂取した時のように、多量のニコチンを一気に取り込んだように、酔いで頭がクラクラする。自分に何が起きているのか。呼吸を荒くしながら考えていると、ふと感じたことのない強い甘い匂いに気づいた。

とろける果実のような、熟した花の芳香のような。だがきつい香水のように不快なものではなく、まるで麻薬のように脳の奥深くに染み込んでくる。

「蓮……」

その匂いの元は、蓮だった。甘い香りが、蓮の黒革の首輪あたりから放出されている気がする。その匂いに誘われるままに、瑛理は蓮の喉を舐めた。

（あまい……）

蓮の汗の匂いなのか、髪の匂いなのか、何なのか解らない。たまらない心地よさに支配され、瑛理は蓮を抱き寄せてふっくらした赤い唇に口付ける。薄く開いた唇から舌を滑らせ、貪るように唾液を絡めた。もっと蓮の匂いを感じたくて、もはや思考を放棄して瑛理は蓮を舞台の上で押し倒す。蓮の額にじとりと滲んだ汗にすら、興奮を覚える。だがその直後、腹に強い痛みを感じ瑛理は動きを止めた。

蓮に突き飛ばされたと認識したのと、蓮が床に置いていた裁ち鋏で自分の足を刺しているのに気づいたのは同時だった。蓮は、デニムパンツを血で濡らしている。脳を支配していた甘い香りの中に、鉄臭い匂いが混じった。

「蓮！」

榊の叫ぶ声が聞こえる。だがその声を最後に、瑛理の意識は途絶えた。


「……さん、……瑛理さん、瑛理さん大丈夫ですか?!」

聞き慣れた、しかしあまり心地よくない声が頭に響く。

瑛理が目を覚ますと、そこは劇場の医務室だった。衣裳を着たまま、瑛理は白いカーテンに囲まれたベッドに横になっている。最初に目に入ったのは与良の顔だった。

「ああ、本当に良かったです。本当に、どうなることかと」

　焦った表情で涙ぐむところ申し訳ないが、寝覚めに見るには楽しい顔ではない。視線を天井に逸らしぼんやり眺めていると、今度は白衣の男が覗き込んできた。どうやら、医者を呼んだらしい。医師は瑛理の下瞼《まぶた》を引っぱり、貧血になっていないか確認している。それから簡単に体調の確認をすると、意識を失った理由を説明された。慣れないオメガフェロモンを強く浴びて、ショック状態になっていたらしい。その後すぐに、医師は「大丈夫そうですね」と部屋を出て行った。

　身体の不調はない。少し頭がふわふわするが、眠っていたせいだろう。

「俺、どのくらい寝てた？」

「ほんの三十分ほどです。突然あんなことになって、恐ろしくて震えましたよ私は」

「何があったのか、よく覚えてない」

「それは何よりです。あんな悍ましいこと――」

「蓮は？」

　思ったより、長くは寝ていない。それが解ると、次に気になるのは蓮のことだった。

「蓮はどうした？　足、鋏で刺してただろ」

「覚えてるじゃないですか……」

　はぁ、と与良は溜息をつく。

「榊さんが連れて帰りました。リハーサルは一旦中断。明日の夕方仕切り直すそうです」

「そうか」

「大騒ぎになったんですよ」

与良は、近くの椅子を引き寄せて座る。

「瑛理さんが、あのオメガに急にその……まるで、発情したようになって。その場にいたアルファ俳優さんが怯えてしまって、大変な騒ぎになりました。榊さんと芳賀さんがその場を収めてくれましたが、それでもかなり揉めましたよ」

「与良も文句言ったんだろ」

「当たり前でしょう。自分の担当俳優をこんな目にあわせたんですから」

「それで、もう蓮は大丈夫なんだな？」

「聞いてはいませんが、榊さんがついていますから問題ないのではないかと」

「あれが、オメガの発情期なんだな」

想像したこともなかった。まるで意識を持っていかれるような感覚があったが、蓮の赤い唇だけはっきりと覚えている。

「初めて見た。つーか、あんなに自分の制御ができなくなるもんなんだ。びっくりしたよ。正直、覚えてはいても何であんなことしたのか解んねぇし。殆ど無意識だった。アルファがオメガを嫌うはずだ」

「そのことですが」

与良は丸眼鏡をくいと上げ、深刻そうな表情になる。

「榊さんが周囲に説明をしていたのですが、榊さんの話では、彼は発情期の抑制剤を飲んでいるらしく、本来ならあんな風に突然発情することはないそうです」

「その話は聞いてる」

聞いていたからこそ、蓮が発情するなど思いもしなかった。

「確か、治験中の薬だって。まぁあんな不具合があるうちは、認可も下りねぇだろうな」

「いえ。彼の発情は、薬の問題ではなかったようですよ」

「は？　そうなのか？」

「はい」

「じゃあ何なんだ」

「誘発剤です」

与良は、小さく息を吐く。

「先ほどの医師はバース性異常が専門の先生なのですが、先生の話では華南さんの持ってきたタオルに誘発剤が掛けられていて、強制的に発情状態になったんだろうと。だから発するフェロモン量も過多になったそうで、瑛理さんが気を失ったのはその影響もあるようです」

「けど、俺が受け取った時は匂いなんてしなかった」

「オメガしか感じない匂いだそうです。所謂、アルファの擬似フェロモンというか……瑛理さんがその匂いをつけて彼に近づいたので、余計に症状が酷くなったんでしょう」

「じゃあ、蓮がああなったのは俺のせい？」

「まぁそうなります」

「それは悪いことをし……いや、違うだろ。持ってきた華南が元凶だろ」

「そうですね。彼を、この企画公演から追い出したかったようです。人前で発情して迷惑を掛ければ、流石に追い出されるだろうと」

「何のために。あいつには関係ない仕事だろ」

「瑛理さんが、あんなオメガに入れ込んでるせいじゃないですか？」

「別に入れ込んでなんかない。じゃあ与良さんは、さして技術もないクソみたいな奴に俺の衣裳担当させた方が良かったって言ってんのか？」

「そうは言っていませんが」

「つーかあいつ、何てことを……」

華南は、オメガが好きではない。それは解っていたが、いくら何でもやりすぎだった。何よりリハーサルのストップで、他の俳優にも迷惑を掛けている。

「それで他のアルファの奴は？　少し離れてても、何かしらおかしくなってんだろ？」

「いえ、そのことなのですが」

与良はコホンと咳をして、呼吸を整える。

「特に、他の方には異常がありませんでした」

瑛理は信じられなかった。あれほどの強烈な匂いを、近くにいて感じないはずがない。

「いや、そんなはずないだろ。オメガに反応したら恥だと思って、黙ってるだけなんじゃねぇの？」

「いえ、何も感じなかったそうですよ」

「あいつの匂いを？　何も？」

「ええ、皆さん薬を飲んでいましたから」

「俺も飲んでるよ」

「知っています。ですから瑛理さんの場合、彼の近くにいすぎて日頃から彼のフェロモンを浴びていたせいで、強く反応してしまったのではないかと、先生が。番ではなくても、親しい相手のフェロモンは感じやすいそうで」

「別に四六時中一緒にいたわけじゃない」

「そうですが、その短い時間で彼にマーキングされていたのかもしれませんよ」

「マーキング？　犬じゃあるまいし」

「犬畜生みたいなものでしょう。彼にとって、瑛理さんは貴重な生命線です」

「おい、言い過ぎだ。あいつはそんなんじゃない」

「それも瑛理さんが思っているだけなのでは」

「随分突っかかるな」

「こんなことがあったんですから、突っかかりたくもなります。はっきり言わせていただきますが、瑛理さんはあのオメガと関わってからおかしいですよ。最初は、瑛理さんだってあのオメガを嫌っていたでしょう。それなのに、どうしてあのオメガに関わろうとするんです？」

「仕事で関わってるんだ。話するくらい普通だろ」

「瑛理さん。私は貴方のキャリアが心配なんです」

与良が珍しく、険しい表情になる。

「あんなオメガのせいで、何もかも台無しにしないでください」

「何も台無しになんてなってない」

「今は、です。それに舞台も台無しになりかけました」

「それは華南のせいだ」

与良は、それ以上言い返さなかった。話が平行線になると思ったのだろう。それは瑛理も感じていたから、その方がありがたい。

「瑛理さんが目覚めたので、事務所に連絡を入れてきます」

与良は席を立った。他の連中がどうしているのか解らないが、今日はきっとこのまま解散になる。あるいは、まだ「事件」のことで揉めているのかもしれない。

それはそれとして、瑛理の中には疑問が残った。

（他の奴は、何も感じなかった……？）

今回の舞台には、アルファの人間も多くいる。それなのに誰もあの強烈な香りを感じず何もなかったというのは、流石に信じがたい。与良の言う通り、蓮と長くいすぎたというのは一理ある。一緒の時間が増えるにつれ、瑛理は蓮の魅力に気づき蓮に惹かれた。少なからず好意を持っていたから、蓮の匂いを感じたと言われればそうなのかもしれない。

それは想定でしかないが、瑛理の中でひとつ確かなことがあった。

（確かに、あいつは嘘をついてる）

以前、与良は蓮が過去に役者をしていたと言っていた。与良はちゃんとした調査会社で調べたと言っていたから、恐らく事実なのだろう。

蓮の過去を、瑛理は知らない。蓮の頸に噛み跡をつけたのが、誰なのかも解らない。

だが番となった相手にはアルファが飲む抗フェロモン剤は何の効力もなく、オメガの発情に抗うことができなくなると言う。

（もしあいつの番が、俺だとしたら……）

瑛理だけが蓮の発情に反応したことにも、説明がつく。

とは言え、蓮と会ったのはこの企画公演が始まってからである。それまで瑛理はオメガを嫌悪してきたし、オメガに関わったこともなかった。もしオメガのフェロモンにあてられて噛み付いていたとしたら、流石に覚えている。

だが現代医療を使えば特定の記憶を消すことくらい容易にできる。

瑛理が過去に蓮と出会っていて、蓮のフェロモンに引き寄せられて事故的に蓮に噛み付いていたら。そのことが理由で瑛理がオメガ嫌いになり、その後自分の意思で「記憶除去手術」を受けていたとしたら。今の瑛理が蓮のことを覚えていなくても、おかしくはない。

(俺は、あいつに騙されてるのか……?)

その可能性を、信じたくはなかった。だが蓮が嘘をつき瑛理に何か隠しているのだとしたら、瑛理に知られては不都合なことがあるからだろう。

一度疑問を持つと、頭から離れなくなる。とは言え、瑛理が一人考えても何も解らないし、結論は出ない。恐らくこの事態の真実を知るのは、蓮だけである。

翌日からリハーサルは再開したが、そこに蓮の姿はなかった。代わりにいたのは榊とアリサで、アリサは榊に怒鳴られながらも必死に対応している。蓮に比べて腕が劣るアリサは、榊や芳賀の要望に応えるには未熟で現場はばたついていた。

それでも、リハーサルは無事終わった。数日後に控えた本番を前に、皆いつまでも蓮の事件を引きずっていなかった。それには、蓮が現場から姿を消したことも大きいだろう。

あれから一度も、蓮に会っていない。蓮が無事なのかも気になったが、榊に居場所を聞いても「別の仕事がある」としか答えない。本番を間近にしたこのタイミングで、別の仕事などあり得ない。瑛理の衣裳を作りたいと言っていた蓮が、先の一件以外を理由に現れないはずがない。

稽古を終え一件の撮影と取材を終え、瑛理は与良の送迎を断ってタクシーに乗った。向かった先は、榊のオフィスである。蓮の居場所を、此処以外に知らない。もし自宅で謹慎していればどうにもならないが、瑛理が知る限り、蓮はいつもこのオフィスにいた。

だからこの日もきっと、オフィスにいるに違いない。

その予想は外れなかった。時刻は午後十時を過ぎ。他のスタッフはもういない。暗いオフィスで一箇所だけ灯りをつけ、蓮は以前と同様デスクに向かっている。

「蓮」

静寂を破るように、瑛理は声を大きくして名を呼んだ。同時に、蓮は顔を上げる。瑛理を見るなり表情をこわばらせて、蓮はペンを持ったまま固まっている。

「もう、具合はいいのか」

ゆっくり蓮のもとまで歩きながら尋ねると、蓮は落ちついた様子で立ち上がった。

「はい、もう大丈夫です。瑛理さんにはご迷惑をお掛けしました」

「別に、迷惑掛けられたなんて思ってない。他の連中には、特に何もなかったみたいだしな。騒いだ割に、今日のリハは普通に終わった」

「そうですか。良かったです」

「もう現場には来ないのか？」

そのつもりだろうと解っていて、瑛理はあえて尋ねる。

「今日のリハ、アリサさんが代わりに来てただろ」

「ええ、何かあっては困りますから。もう行かないつもりです」

蓮の声は、穏やかで、口元には笑みを浮かべている。

「けどあれは、華南が持ってきた誘発剤のせいだ。お前は薬飲んでるから、発情期はないって聞いた」

「それはそうですが、万一ということがあります」

「万一？」

「同じことがあれば、他の方にもご迷惑をお掛けしてしまいますし」

「他のアルファか」

蓮はもっともらしいことを言うが、瑛理は納得できない。

「その万一は、俺以外のアルファにも本当に起こるのか？」

瑛理は目を細め、刺すような視線を蓮に向ける。同時に、蓮は表情を曇らせた。

「どういう意味です?」

「あの時、反応したのは俺だけだった。どうしてだ?」

一歩ずつ、瑛理は蓮との距離を詰める。

「あの場には、俺以外にもアルファがいた。舞台上にすらいたんだ。普通、そいつらもお前のフェロモンに反応するもんだろ」

「瑛理さんの方が近くにいたからじゃないですか?」

「あんなに強烈な匂いがしたのに?」

「匂いの強さは俺には解りませんが、そのくらいしか理由がないでしょう」

「本当にそれだけなのか?」

「それ以外に何があるんです?」

「お前は、何か隠してるんだろう」

語気を強めるが、蓮は動じない。

「隠すって、何をです?」

「俺は昔、お前に会ってるんじゃないのか?」

もやりと湧き上がった疑念を、瑛理はそのままぶつける。だが蓮はいたって平静で、首を傾げるだけで質問に答えない。

「どうしてそう思うんです?」

「そうじゃなきゃ、オメガ嫌いの俺がお前に興味を持つなんてありえないからだ」

「瑛理さんは、俺の能力を純粋に評価してくれたんじゃないんですか？」

「評価はしてる。けど、そういう話をしてるんじゃない。お前は嘘をついてるだろ」

話を逸らそうとしていることが解って、瑛理は答えず問い詰める。

「嘘、ついてるよな。お前は昔、役者をしてたはずだ。そうだろ？」

「本当に、何の話をしてるんです？」

「惚《とぼ》けなくていい。もう解ってることだ。どうしてそれを俺に隠す？」

蓮は反論しなかった。惚けたところで追い込まれるだけだと考えたのだろう。

「大体、お前の噛み跡をつけた相手は誰なんだ。本当にその『誰か』は存在してんのか？だとしたら、あの時俺だけが反応したのは何でなんだ？　もしその跡を付けたのが——」

「瑛理さん」

俺だとしたら。

言いかけた言葉を、蓮は遮った。珍しく大きくなった蓮の声が、オフィスに響く。

「もう、俺は現場には行きません」

それ以上言わせないという意思を、強く感じた。蓮は鋭い目で、瑛理を黙らせる。

「今回の企画公演も、次で終わりです。あとは本番を残すのみ。衣裳は仕上がっていますから、俺がいなくても問題なく進むでしょう。そして終われば、俺はもう貴方と関わることはない。貴方に迷惑は掛けない。それでいいでしょう」

勝手に話を終わらせようとする蓮に、瑛理は憤りを覚える。

「は？　イイわけねぇだろ。お前、言ってること滅茶苦茶だぞ。死ぬまでに俺の衣裳が作りたくて必死に努力してきて、スーツまで作るってデザイン描いてて、なのにハイサヨウナラっておかしいだろ！」

「別におかしくないでしょう。俺の仕事は衣裳を作ることですよ。瑛理さんに限らず、俳優さんとのお付き合いは公演までです」

「ふざけんな！」

「瑛理さん」

半ば怒鳴るような形になったのに、蓮は冷静だった。

「貴方は芸能人で顔が知られてるから、ビルの守衛さんも通してくれているんでしょう。でも本来は不法侵入です。俺も帰ります。だから瑛理さんももう帰ってください」

「おい蓮！」

蓮は席を立って、瑛理に背を向ける。

「お前は何者なんだ！」

荷物を持って遠ざかる蓮を、瑛理は引き留める。すると蓮は、ゆっくり振り返った。

「何って、ただの舞台好きのオメガですよ」

再び瑛理に背を向けて、蓮は歩き出す。やがて奥に消えた蓮が部屋の明かりを落とすと、フロアは真っ暗になった。

＊＊＊

「本当に、その後何もなくて良かったわ」

瑛理が華南とその母との食事に呼ばれた席で、華南は言った。公演が始まると時間が取れないからと、昼間に急遽予定を入れられた。雰囲気のいい大きな窓のあるレストランで、周囲から見えないよう観葉植物を置いた半個室になっている。

華南の母からは「遅れる」と連絡があり、まだ到着していない。ただでさえ前向きではない食事会なのに、滞在時間が長くなると余計に気が重くなる。

「瑛理が突然あんなことになるなんて、本当にびっくりしたのよ」

華南は、注文したミネラルウォーターをストローで飲む。瑛理は烏龍茶を頼んでいたが飲む気になれず、一口分も減らないままグラスは水滴だらけになっている。

「本当は、ちょっとあのオメガを追い出したくて悪戯《いたずら》じただけなのに」

華南は可笑しそうに目を細めたが、瑛理はまるで笑えない。

「悪戯の範囲じゃなかっただろ。お前のせいで、何もかも台無しになるところだった」

「台無しになんてならないわよ。薬を飲んでるんだもの、普通のアルファは反応しないわ。あのオメガだけが間抜けに発情したところを晒して、それで終わりになるはずだったのに。まさか瑛理が反応するなんて」

華南は、機嫌がいい。だが瑛理が無反応でいると、急につまらなそうな顔をした。

「ちょっと、何か言ってよ」

「特に言うことがない」

「あるでしょ、やっぱりオメガはヤバいとか」

「別にそんなこと思わない。大体、あれはお前のせいだ」

「そんなにあのオメガのことが気になるの？」

普段は高い華南の声が、ワントーン落ちる。

「ま、そうよね。他の誰も反応しなかったのに、アナタだけがあのオメガに駆け寄って発情したんだもの。気になって当然だわ。アルファは優秀だなんて言うけど、気になるオメガの前ではただの獣になるのね。優秀が聞いて呆れる」

「おい華南」

「事実でしょう？」

華南は眉間に皺を寄せ、カメラの前では見せることのない嫉妬深い顔になる。

「本当に、おかしいわよ瑛理。あのオメガが榊さんの認める優秀なスタッフだとしても、それだけでしょ。瑛理が気に掛けるような人間じゃないわ」

「別に気に掛けてない」

「掛けてるわよ。普通、あんなオメガと仕事がしたいなんて思わないわ」

「掛けてない。俺が気にしてるのは、あいつが俺に嘘をついてるからだ」

瑛理は、ドンとテーブルを叩く。一瞬びくりと震えた華南に、瑛理は少し声を落とす。

「それに、隠していることがある。大体お前の妙な薬のせいだったとしても、俺だけ蓮のフェロモンに反応するのはおかしいだろ」

「それは、瑛理があのオメガと長く一緒にいたせいでしょ。与良さんが言ってたわ」

「長くったって、たった半年、週に一度二度顔を合わせる程度だぞ。その程度で何かあるなんておかしい」

「ええ、おかしい。不思議ね、おかしいわ！」

ガタンと音を立てて、華南は椅子から立ち上がる。

「あのオメガは、きっと何か隠してる。嘘もつくわ。薄汚いオメガなんだから当然よ。でもその秘密も嘘も、全部瑛理をハメるためのものかもしれない。そうでしょう？」

「あいつに限って、そんなこと――」

「どうして⁈　オメガが嫌いなんでしょう⁈」

今度は華南が叩いたテーブルが揺れ、瑛理の前のグラスの水滴がぽたりと垂れる。

「なのに、どうしてあのオメガに執着するの？　私がいなかったら、あのオメガが嘘をついてることにすら気づかなかったんでしょう?!　オメガがアナタに嘘をつく理由なんて、いくらでもあるわ。瑛理は利用価値が高いのよ」

「あいつが俺を利用する理由はない」

「ない？　冗談でしょ？　ベータの私にすら、自分の父親にすら利用されているのに」

嘲笑する華南に、瑛理は何も返さなかった。父と華南の父のことは、言われなくても解っている。無言のまま、瑛理は席を立った。

「ちょっと！　お母さんとの食事はどうするつもり?!」

「俺がいなくても変わらないだろ」

一応立ち止まって、瑛理は華南を見る。

「食事しなかろうがお前と罵り合おうが、お前の言う通り俺は利用されて、結局はお前と結婚する。それでいいだろ」

「瑛理！」

華南は水の入ったグラスを、瑛理に向けて振り上げた。投げつけはしなかったが、水がパシャっと床に散る。それほど中身がなかったせいで、瑛理にまでは掛からなかった。

ただ華南が腕を振りかぶったせいで、華南の香水の匂いが漂ってくる。

（臭い……）

人工的な甘い匂いに、不快感を覚える。だが背を向け遠ざかると、もう感じなくなった。

蓮が瑛理をオフィスから追い出して、三日後。

予定通り、公演が始まった。初日の評判を、蓮はネットの記事で知った。

『華やかな舞台装置や衣裳だからこそ、後半の絶望的な展開が際立って美しい。特に主演の最上瑛理のオセローは圧巻だった。モデル容姿の人気俳優という枠から、実力派俳優への転換点となる作品になるだろう』

記事の横には、瑛理の写真がある。ちょうど妻の首を絞めるシーンということもあり、鬼気迫るものがある。

蓮はその後もオフィスに通い、仕事を続けていた。と言っても、次の作品は決まっていない。榊から持ちかけられてはいたが、アリサの指導をメインにすると言って断っていた。発情事件以降、社内からの風当たりが前より強くなっている。これ以上の不和を生み、現場を乱したくない。

(それに、目的はもう果たしてる)

残りの寿命はおそらく一年半程度。オメガの知り合いがいないから最期はどうなるのか知らないが、榊の話では三十が近づいた頃に急激に内臓が衰えるらしい。少なくとも発情期がある間は問題ないというから、蓮も今日明日にどうこうということはないだろう。

華南が榊のオフィスを訪ねてきたのは、それから数日後のことである。

「こんにちは」

偶然エレベーター前を通りかかった蓮は、足を止めた。今日は複数の公演が重なっており、スタッフはほぼ出払っている。対応するか迷ったが、会ってしまったから仕方ない。

この女のせいで、蓮は強制的にヒートにさせられている。だが此処で掴み掛かって落とし前を付けろと言うほど、蓮は子供ではない。

「どうも」

「今日はワンちゃんみたいに腰を振らないのね」

にこりと微笑む華南は、蓮への嫌悪を隠さない。とは言え、蓮も無意味に嫌味を言われるのは本意ではない。早く訪問先の者に取り次いで、話を終わりにしたい。

「どなたへのご訪問でしょうか。榊さんに御用でしたら、今は打ち合わせ中ですよ」

「アポイントはないからいいの」

「はい？」

「今日はアナタに用があって来ただけだから。すぐに見つかって手間が省けたわ」

ニコニコと涼やかな笑顔を向ける華南に、蓮は眉を寄せる。

「俺に……ですか？」

「落ち着いて話せる場所はないの？」

蓮には、華南と話すことなど何もない。だがこの様子では、華南は引き下がらないだろう。此処はオフィスで、人が少ないとは言え他に働いている人間がいる。これ以上、揉めよう。

事を起こされてもたまらない。

「ゆっくり、アナタとお話がしたいの。この前のことも謝らなきゃと思って」

謝る気などないのは解っていたが、蓮は「こちらへ」と華南を会議室に案内した。

「どうぞ、好きなお席に」

中に入ったが、華南は席につかなかった。蓮もテーブルを隔てて立ったまま、華南に向き合う。扉を閉めると、音はほぼ遮断される。その静かな空間で、華南は綺麗な声で意外なことを言った。

「単刀直入に言うわ。これ以上、瑛理に近づかないでほしいの」

これが、華南が来訪した理由らしい。だが蓮にとっては言われるまでもない。

「近づくつもりはありませんよ。どうせ、今の公演が終わればチームは解散します。会う機会もありません」

「言い方を変えるわ。もうこの仕事を辞めて、どこか遠くへ行ってほしいの」

近づかないと言えば終わると思ったが、華南の要求は終わるどころか無茶苦茶だった。そこまで執着する理由が、蓮には解らない。

「それとも、それを断るほどアナタにとって瑛理は特別なのかしら？」

特別かと言われれば、特別ではある。それはさまざまな意を含んでのことだが、華南はそういう話をしているのではないだろう。瑛理との関係において蓮が邪魔だから、ただ消えろと華南は言っている。

「いえ、瑛理さんが特別ということはありませんよ。ですが俺も生きていくには仕事が必要ですから、辞めろというのは乱暴な気がしますね」

「痛い目にあっても、この仕事を続けたいなんてご立派ね」

「あれは事故ですし、貴女と違って残り短い人生ですから好きなことをしますよ」

「それなら、もう瑛理に関わらないと証明して」

華南は、ポケットからボイスレコーダーを取り出す。一体何を言い出すのかと、蓮は華南に視線を向ける。

「何を証明するんです？」

「アナタが醜悪なオメガだってことよ」

華南の瞳は、恐ろしく冷めている。雑誌で見る人気のモデルとはとても思えない。

「命を奪うために、瑛理を陥れるために騙して近づいたって告白して」

「俺に悪者になれと言ってるんですか？」

「瑛理と関係を断つつもりならできるでしょう？」

「ええ、瑛理さんとは会いません。ですが、それで終わりでいいでしょう」

「良くないわ。アナタが近づかなくても、瑛理が近づくもの」

確かに、その可能性はある。これまでも何度も瑛理から訪ねて来たから、華南はそれを懸念しているのだろう。それでも、華南の考えはきっと杞憂《きゆう》に終わる。

「華南さんは、瑛理さんの恋人でしょう」

アルファは普通、アルファ同士で婚姻関係を結ぶ。それはアルファの子を儲ける確率を高めるためだが、瑛理のようなアルファのサラブレッド家系は特にその傾向が強い。そんな中で瑛理が華南を恋人にしているのは、華南が瑛理にとって特別だからだろう。

「こんなことをしなくても、瑛理さんは貴女を選びますよ」

「私を選ぶ？　瑛理が？」

当然だと思ったが、華南はクスクス笑って肩を震わせる。

「何がそんなにおかしいんです？」

「アナタみたいなオメガには解らないわ」

笑みを消した華南に、蓮は何も言わなかった。

確かに、蓮には華南の気持ちなど解らない。だがそれはオメガだからではなく、他人だからだろう。理解し合えない他人と話を続けても、話は平行線になる。

華南とは折り合わない。だが一方で、華南の提案には利点もあった。もし提案通り瑛理に憎み恨まれるような証拠を作れば、恐らくもう瑛理は蓮に近づいてこない。そうすれば、今まで築いた関係を一気に壊すことができる。

本当は、瑛理に嫌われたくなどないし、恨まれたくもない。だがそういう終わり方が、この関係の終幕にはふさわしい気がする。

「いいですよ」

迷った末に、蓮はテーブルの上のレコーダーに手を伸ばした。

「貴女の話に乗ります。俺も、こんなことで仕事をなくすのは困りますからね。ですから貴女ももう二度と、此処には来ないと約束してください」

「言われなくても、来たりしないわ。こんなオメガ臭い場所」

「それでは録音を始めますが」

蓮はレコーダーを、華南に投げて渡す。

「こんなテーブルの上に、堂々とレコーダーを置かないでください。証拠と言っても、インタビューのように俺に話をさせるわけではないでしょう。隠し撮りをする体《てい》なら、せめてポケットの中にしまってください。クリアな音で録音されたらおかしいでしょう」

教えてやると、華南は従った。この女は証拠を残せと言う割に、詰めが甘い。

「では、シナリオはこうしましょうか」

蓮は手にしていたスケッチブックに、さらさらと台詞を書く。

「貴女がお金を持ってきて、俺を脅すんです。『これ以上瑛理に近づかないで』。でも俺は貴女の金額に満足しない」

蓮は台詞を書いた部分を破って、華南の前に投げる。

「読んでください。できるだけ、棒読みをせず俺への恨みや怒りを込めて。その方がそれっぽくなります」

華南は紙を拾うと、眉間にしわを寄せて蓮を睨む。

「馬鹿にしてるの？」

「してません。貴女は役者経験がないでしょうから、参考にとお伝えしたまでです」

「アナタだって、ただの衣裳係じゃない」

華南は紙をチラリと見て、ぐしゃりと握り潰す。丸めたそれを投げ捨てると、強くテーブルを叩いた。

「『これ以上、瑛理に近づかないで』」

華南は蓮の書いた台詞を、一言一句間違わずに唱え始める。

「『これで足りないなら、もっと積むわ。言い値を出すから、瑛理の前から消えて』」

華南の声は、震えている。演技ではなく、本当に蓮に対する厭悪からだろう。蓮は俯き、ゆっくり瞬きをしてから顔を上げる。目が合うと、華南はビクリと肩を震わせた。

「な、何……？」

「いえ、買収するにしては随分安く見られたものだと思いまして」

蓮は、札束が置かれていることになっているテーブルの上を見る。

「俺が瑛理さんに近づくのに、どれだけの労力を使ったと思ってるんです？」

蓮は、会議室の中をゆっくりと歩く。

「あとコレくらい乗せてくれても足りないくらいです。貴女も俺から瑛理さんを取り戻せるのなら、それくらい安いものなのでは？」

華南に指を三本立てて示すと、華南は信じられないと言わんばかりに眉を寄せる。

「瑛理さんは業界きってのオメガ嫌いでしょう。だから俺に興味を持ってもらうのに、随分苦労したんです。でも価値のある相手でした。この業界にいればアルファが選り取り見取りと思うかもしれませんが、アルファの方は皆クスリを飲んでいますからね。仮に俺がフェロモンで誘惑したとしても、引っかからないんですよ。ですがご存知の通り、瑛理さんは俺のフェロモンに反応する。その理由を、本人が悟ってしまったようですが」

「どういう意味？」

「貴女は知る必要のないことです」

蓮は足を止め、華南の方を見る。

「正直なところ、瑛理さんを手放すのは惜しい。ですがこれ以上、貴女に騒がれるのは困りますからね。あと三百積むと言うのなら、手を打ちますよ。金さえあれば、一年二年分の精液を分けてくれるアルファくらい見つかりますから。それで暫くは食い繋ぎます」

「アナタ、瑛理から命を奪うために近づいたの？」

「そのくらいの理由がなければ、わざわざ自分からオメガ嫌いに近づくわけないでしょう」

蓮はちらりと目配せをして、華南に録音を止めるように指示をする。すると呆然としていた華南ははっとして、レコーダーを止めた。

「私は、お金を出すつもりはないわよ」

「頂こうとは思ってませんよ。本当に金でアルファが買えるならオメガは苦労しません」

「本当かしら。さっきの話だって、何処まで嘘なのか怪しいものだわ」

「俺の演技が真に迫っていたのなら何よりです」

「それならアナタ、本当はどうして瑛理に近づいたの？」

華南は目を細める。

「瑛理が自分からオメガに近づくはずない。台詞の通り、アナタが仕掛けたんでしょ？」

「貴女には言う必要のないことです」

華南は黙る。暫しの沈黙ののち、華南は「そうね」と返すとレコーダーを鞄に仕舞った。先ほど床に投げた紙を踏み潰し、会議室の出口に向かう。だが扉を開く前に、華南は一度足を止めた。

「約束通り、二度と私の前にも瑛理の前にも現れないで」

華南と視線が合う。高圧的なのに、その視線には畏怖が滲んでいる。

「そして私も瑛理も知らないところで、一人で静かに死んで。それがオメガのアナタに相応しいわ」

華南はそう言うと、今度こそ部屋を出て行った。

会議室には、蓮だけが残される。テーブルを回って、落ちていた紙屑を拾う。同時に背後で扉が開く音がした。

「何か、忘れ物でも——」

華南が戻ったと思ったが、そこにいたのは榊だった。榊は険しい表情のまま会議室に入り、背後で扉を閉める。いつから聞いていたのか、何処まで把握しているのか。蓮には解らなかったが、全てを察している気がした。

「物騒な来客だったな」

「そんなことはないですよ。ただの恋する女性です」

蓮は紙屑を握り潰し、ポケットに仕舞う。

「どこが恋する女だ。お前、自分が何されたか解ってんのか」

「解ってますよ」

もちろん解っている。瑛理があの録音を聞けば、多かれ少なかれ蓮に対する見方は変わる。

「タイミングとしても、丁度良かったんです。これで瑛理さんが俺に近づくことはなくなるでしょうし」

「本当にそれでいいのか」

話を終わりにするつもりで言ったが、しかし榊は引き下がらない。

「このまま瑛理と一緒にいたら、いずれ本当に思い出したかもしれねぇんだぞ。瑛理が思い出せば、あの性格の悪ィ女の話なんて聞かなくても丸く収まったはずだ」

「思い出すことこそ、俺の本意ではありません」

確かに、瑛理は何かに気づいていた。このまま共に過ごし続ければ、瑛理はいずれ真実に辿り着いたのかもしれない。だがそれは、最悪のシナリオだった。

「俺が近くにいたせいで、瑛理さんを危険に晒してしまいました。今回のことは、少しでも近くにいたいと願った俺の欲が招いた結果です。瑛理さんと仕事をさせていただいたことには本当に感謝しています。ですが、今はすべきではなかったと思っています」

榊は呆れたように、深く溜息を吐く。

「理解し難いな。俺は正直、あの間抜けなアルファに真実を全部ブチ撒けてやりてぇよ。そうすりゃ、解りやすくハッピーエンドだ。けどお前にとってそうじゃねぇなら、不本意だが約束は守ってやる。けど見てて気分のいいモンじゃねぇ。それは理解しろ」

「榊さんには申し訳ないと思っています」

「悪いって思ってんなら、あんまり心配掛けんな」

榊は蓮の頭を小突くと、腕を組んで壁に背を預ける。

蓮は少し落ち着いた。自分が望んだこととは言え、瑛理との別れは寂しい。だが榊がいれば、自分が一人ではないと思うことができる。

「しかし、やっぱ父親が権力者だといい医者に診てもらえるもんなのかねぇ」

肩を竦め、榊は笑う。

「こんだけ例の手術で記憶混濁になってる奴がいんのに、アイツ、全然思い出す気配ねぇじゃねーか。どんだけ金積んだんだよ」

「そうですね」

蓮は小さく息を吐く。

「瑛理さんのお父様が、当時一番いい医者を探してきましたから。先日の発情の件で疑問は持ったようですが、それでも俺を思い出すことはないと思いますよ。瑛理さんの手術をした医師は、本当に優秀だったんだと思います」

瑛理が手術を受けた日のことを、蓮は鮮明に思い出せる。

何せ自分が瑛理を騙し、瑛理を手術台まで誘導した。

「ふざけんな！」

瑛理は、蓮に向かって叫んでいた。だが暴力的な言葉の割に声に悲痛さが滲んでいたことを、蓮ははっきりと覚えている。

蓮が初めて瑛理と出会ったのは、バース判定が出る前の十五歳の頃。出演を予定している舞台の写真撮影のため、女性マネージャーと撮影スタジオを訪れていた時だった。

当時、蓮は駆け出しとも言えないレベルの俳優だった。二百人も入らない小さな劇場で、満席にならない客席に向かって演技をする。それでも演じることが好きで、舞台に関わるのが楽しく、学業と俳優業の両立を続けていた。オーディションを受けては落ち、受かっては必死に舞台に立つ。その繰り返しだった。

同じ頃、瑛理は既に名が知れていた。蓮より一つ年上でファッション誌のモデルとして活躍しており、女性からの人気も高かった。同じスタジオでも瑛理の撮影には多くのスタッフが立ち会っており、蓮の撮影よりずっと時間と手間を掛けていた。

とは言え、瑛理の人気や地位を羨ましくは思わない。瑛理とは畑が違う。この日は偶然撮影のスケジュールが被ったが、この先互いのことを思い出すことも関わることもないだろう。

蓮はそう思っていたが、それから三ヶ月後、瑛理と再会した。蓮がスタジオで撮影をしていた舞台の公演が始まり、瑛理が見に来たのである。

「最上瑛理が、蓮に会いたいって言ってるわよ」

公演を終え楽屋でメイクを落としていると、マネージャーに言われ蓮は驚いた。まさか見に来ているとは思わなかったし、蓮を認知しているとも思わなかった。聞けば先日の撮影の際にマネージャーがチケットを渡していたらしく、瑛理が足を運んでくれたらしい。

（律儀な人だな）

あまり、そういう印象はなかった。どちらかと言うと容姿だけで女性に黄色い声を上げられて、仕事に対して努力もしないタイプだと思っていた。両親がアルファのサラブレッドで、十六になると同時に自身もアルファの判定が出ている。いい気にならない方が難しい。

その瑛理が、わざわざ押し付けられたチケットで舞台を見に来ただけでなく、蓮に会いたいと言っている。流石に蓮は瑛理を無下に出来なかった。

他の俳優もいる楽屋を出て、裏口に近いロビーに向かう。瑛理は一人、自動販売機の前に立っていた。背が高く、サングラスを掛けているせいでガラが悪く見える。

「どうも」

蓮は頭を下げた。芸能界という括りでは畑は違えど瑛理は先輩になるし、瑛理の方が圧倒的な人気と認知度を持っている。

何の話をするつもりなのか。蓮が身構えていると、瑛理はサングラスを取った。

「チケット、ありがとな」

「え……、あっ、いえ」

まさか礼を言われるとは思わず、蓮は慌てて首を振る。

「俺のマネージャーが、瑛理さんに押し付けたようで……わざわざ足を運んで頂いて、ありがとうございました」

「いや、来て良かったよ。さっきの舞台、凄かった」

瑛理は恥ずかしそうに頭をぽりぽりと掻く。

「特に、お前が首吊るシーン。すげえ印象に残ったよ。凄いな、どうやってんの？」

「あれは、上からワイヤーで吊るしてるんです」

「そうじゃなくて、あの凄い気迫っつーか、死ぬ間際の苦しみ方っつーか、そっちの方だよ。なんて言うか、圧倒された。完全に主役食ってたな。それが言いたくて、楽屋まで通してもらったんだ。あとチケットの礼もだけど」

「それは、うちのマネージャーが勝手にお渡ししただけですから。余ってましたし」

現に、今日の公演も空席がいくつもあった。

「それより、来てくださったことが意外でした」

蓮は垂れた髪を、耳に掻き上げる。

「瑛理さんはモデル業がメインですから、あまりこういう公演には興味がないと思っていたので。舞台もお好きだったんですね」

「別に、好きってわけじゃねぇよ」

「そうなんですか？」

「あー……好きってわけじゃねぇけど、多少興味は湧いたかな」

　何のメリットもないのに観劇するくらいだから、興味があるのかと思っていた。

　それから短い会話をして終わった。もっと感じが悪い男かと思っていたが、思いのほか丁寧な男だった。もし本当に瑛理が舞台に興味を持ったのなら、事務所の力で難なく役を貰えて、蓮より早く大きな舞台に立つかもしれない。

　だが、その想定は外れた。ある日蓮が大手主催のオーディションに顔を出すと、瑛理の姿があったのである。

　蓮は驚いた。瑛理ほどの知名度があれば、オーディションを受けずとも小さな役くらい貰える気がする。多少演技が下手でも、大きな舞台に立っている役者だっている。だが瑛理は、そういう道を選ばなかったらしい。

「お前の舞台を見て、ちゃんと勉強して舞台に立ちたいって思ったんだよ。そりゃ事務所の力がありゃどっかの役に捩じ込んでくれるだろうけど、ちゃんと役者を目指したい」

　先の楽屋の件で、瑛理の印象は少し変わっている。それにしても、やや乱暴な口調の割に真面目な男だった。

「目指す……んですね」

「は？　どういう意味だよ」

「瑛理さんはもう十分売れているので、今更目指すというのは違和感があったので」

「はぁ？　売れてるっつってもモデルでだろ。役者としてはお前よりずっとド素人なんだから。イチから勉強だよ。そういやお前、どっかレッスン通ってんの？」

「俺は、週に何度か劇団の練習に通っています」

「そういうのあるんだ」

「マネージャーさんに言ったら、調べてくれると思いますよ」

「聞いてみる」

「でも、瑛理さんが役者をされるのなら楽しみですね」

蓮は素直な感想を言ったつもりだったが、瑛理はぱちぱちと瞬きをして固まっている。

「え……？」

「瑛理さんは身長も高いですし、声も綺麗ですし、舞台映えすると思いますよ」

「そ、そうかな」

「はい。いつか、一緒に舞台に立てるといいですね」

以来、蓮は瑛理と交流するようになった。オーディションで顔を合わすこともあれば、レッスンで顔を合わすこともある。やがてプライベートでも連絡を取り合う仲になり、親しくなった。畑が違う。関係がない。そう思っていたのに、いざ友人になると馬が合う。

瑛理は、蓮より年上でキャリアもある。だが気さくで蓮がオーディションに受かろうが自分が受かろうが、嫉妬することも自慢することもない。

良い同業者で良い友人。そういう関係が築けていた。

関係性が少し変わったのは、蓮が十六歳の半ばに差し掛かった頃のことである。と言うより、変わったのは蓮の方だった。ある日学校の帰り道、飛び出した猫を避けた車に突っ込まれ、大怪我を負ったのである。

頭を強打し意識を失ったと知ったのは、病院で目覚め足の手術を終えた後だった。「不幸中の幸いです」と医者が言ったのは、事故の酷さの割に怪我は軽症だったからで、不幸だったのは足の傷が深く、今後暫くはまともに歩けないことだった。

「そのうち治るんでしょうか」

先日、舞台のオーディションに受かったばかりだった。その舞台に間に合わないとしても、また普通に歩けるようになるのか。希望を持って尋ねると、医師は微妙な顔をした。

「日常生活に支障はないでしょうが、役者をするには難しいかもしれません」

医師の言葉は間違っていなかった。それから暫くの間、蓮は車椅子が必要になり、車椅子を離れ松葉杖を離してからも、不自由は続いた。静かに歩くことはできても、走れない。飛んで跳ねるなど、想像しただけで難しいことが解る。

それでも諦めきれず、蓮は役者を続けようとした。出来る範囲からでもと劇団に役が欲しいと頼み、オーディションも受けた。だが劇団からは申し訳なさそうに断られ、オーディションは受ける前に落とされた。蓮が役者の道を諦めたのは、そんなことを何度も繰り返したからだ。事故から、半年近くが経っていた。

役者の夢を諦めて、次に何をしようか。悩んだ末に見つけたのは、衣裳デザイナーの道だった。役者の道が閉ざされても、舞台が好きなことに変わりはない。何か関わる仕事をと考えた時、舞台を彩り俳優を引き立たせる仕事は魅力的だった。ゼロからのスタートになるが、まだ若いのだからどうにでもなる。

瑛理とは、一切連絡を取っていなかった。避けていたわけではなく、連絡手段がなかったのだ。事故の際に携帯電話が壊れ、履歴も電話帳も全て飛んだ。寂しさはあったが、役者の道を諦めたのだから、瑛理も蓮への興味をなくしているかもしれない。

蓮はそう思っていたが、やはり瑛理は蓮の想像通りの行動はしなかった。蓮が小さな舞台で衣裳デザイナーの手伝いをしていると、瑛理が現れたのである。

「おい蓮、お前何やってんだよ」

現れた瑛理は、苛立ちと焦りと、それに少しの安堵を滲ませていた。

「連絡はつかねぇし、全然レッスンにもオーディションにも来ねぇし、事務所は辞めてるって言うし」

瑛理は蓮を探していたらしい。だが蓮が事務所を出たこともあり、連絡がつかなくなっていた。それでも瑛理は諦めず人伝《ひとづて》に情報を辿り、此処まで辿り着いたらしい。蓮がいるのは小さな劇団でしかもアルバイトだから、よく辿れたものだと感心する。

「お前、事故に遭ったって」

「はい。車に撥ねられまして」

「見た目は全然普通じゃん」

「怪我をしたのは足ですからね」

「そんなに悪いのかよ」

「そんなに悪いです」

　蓮は、膝のあたりまで裾を上げる。痛々しい傷跡があるが、見た目はそれほど悪いようには見えないかもしれない。

「日常生活に支障はないですが、もう走り回るのは難しそうで」

「それで、事務所辞めたのか」

「舞台に立てる見込みがないですからね」

「舞台に立てなくたって、お前なら別の仕事いくらでもできんだろ。モデルとか」

「俺は舞台が好きですから。役者ができないのなら、別の仕事を探しますよ」

「それで衣裳なのか」

「元々手先は器用な方ですし、こういう作品の一端を担えるのは楽しいですからね」

「人のことこっちの道に引きずり込んだくせに、勝手に辞めやがって」

「え……？」

思いも寄らぬ言葉に蓮が驚いていると、瑛理は「あー」と気まずそうな顔をする。「何でもねぇ」と誤魔化す瑛理に、蓮は意外さと同時に気恥ずかしさを覚えた。それは瑛理も同じなのだろう。視線を逸らす瑛理を蓮は問い詰めなかった。

「それより、この前さ」

暫しの沈黙ののち、瑛理は話題を変えて口を開く。

「俺、大きめの舞台のオーディションに受かったんだよ。主役じゃねぇけど、そこそこの役。俺にとっては大きな一歩だ。それを、お前に言いたくて」

「それは……」

オーディションから遠ざかっていたせいで情報に疎く、何のタイトルなのかも想像がつかない。正式な発表はこれからなのだろうが、照れ臭そうに言う瑛理に蓮も嬉しくなる。

「おめでとうございます。何か、お祝いをしましょうか」

「要らねぇよ。主役で受けたけど、結局脇役に回されたしな」

「それでも凄いです」

「そっかな」

「はい。お祝いが大袈裟なら、珈琲でも奢《おご》りましょうか」

「それもいい。けど祝う気があるなら、せめて連絡先くらい寄越せよ」

瑛理は携帯電話を取り出して、ずいと押し付けてくる。

「大体、何で音信不通になんだよ。連絡しても不達で返ってくるし」

「それは携帯が壊れたからです。が、俺はもう役者を辞めてしまいましたから、もう瑛理さんと会うこともないかと思ってました」

「はぁ？　何で役者辞めたら音信不通で問題なしになんだよ」

瑛理は人差し指で、蓮の額をぐりぐりと押す。

「別に役者目指さなくったって、普通に友達でいいだろ。寂しいこと言うな」

ぐっと眉間を指で押され、蓮は後ろに転がりそうになる。だがひっくり返る前に、瑛理に腕を掴まれた。

恥ずかしそうにする瑛理は意外だったが、蓮は嬉しかった。同じ舞台役者を目指す者として親しくなったに過ぎないと思っていたし、既に名の売れた瑛理は少し遠い存在だった。それなのにこうなってまで蓮を探し追いかけてくれて、一方的に関係を終わらせようとしたことが申し訳なくなる。

「すみません。じゃあ、連絡先をお伝えしますね」

「当たり前だ」

それから、瑛理の近況を聞いた。今もモデル業を続けてはいるが、少し仕事を減らしていると言う。瑛理の父は政治家で、金の面で困ることはない。そもそもまだ学生のため収入が減ることへの抵抗はなく、今は俳優業に集中したいらしい。

「蓮」

互いの話を少ししたところで、瑛理は少し真面目な顔になった。

「お前が役者を辞めるってのは、正直結構ショックだ。けどお前が好きでその仕事を選ぶなら、俺はお前を応援するよ」

「ありがとうございます」

「それでお前がこの仕事を続けて、いつか一人前になって衣裳を作れるようになったらさ」

瑛理は少し息を吸う。まるで舞台上で台詞を言う時のように、ぎゅっと手を握る。

「いつか、お前の衣裳を来て舞台に立つよ。本当はお前が舞台に立てるのが一番いいに決まってる。けどそれができないなら、俺がお前を舞台の上まで連れてってやる。だから、今度は辞めるな」

蓮は、すぐに言葉を返せなかった。

舞台に立ち続けることは、蓮の夢だった。その夢を諦めるのは蓮にとって大きな決断で、どうしてあの時あの場所を歩いていたのか、どうして事故を避けられなかったのか、「あの時ああしていれば」と何度後悔したか解らない。今でもふとした時に思い出すが、瑛理の言葉で少し救われた気がする。

「もちろんです」

自然と、蓮の頬は緩む。

「瑛理さんがトップに立つ前に、俺がトップに上りつめて待ってますよ」

「言ったな」

瑛理は楽しげに笑う。

「じゃあ、もっと腕を磨いてスーツも作れるようになっとけよ」

「スーツですか？」

「俺が賞を取った時、お前の作ったスーツで授賞式に出てやるよ。そしたら舞台だけじゃなくて、授賞式までお前を連れてけるだろ」


以来、瑛理とは交友関係が続いた。

瑛理は役者としての階段を上り始め、蓮は父に頼んで高校を卒業したら専門学校に進むと決めていた。それまでの間にも、出来ることをしようと劇団の手伝いをした。それに瑛理の舞台を見に行き、瑛理の仕事の合間を縫って二人で会うこともあった。

ライバル関係ではなく、共闘者。畑は違うことになったが、向かう先は同じだった。遠くない日に、瑛理の舞台に少しでも関わることができればいい。

蓮がバース判定でオメガだと解ったのは、そんな何もかも順調だと思っていたある日のことだった。瑛理と再会してから、半年後のことである。

あまりに突然で急なことだった。大抵の人間は、自分は平凡なベータだと思って生き、バース判定の年齢になれば想定通りベータと判定され平凡な人生を歩む。

（それなのに、どうして）

自分がオメガだなどと、想像もしたことがなかった。何かの間違いではないのかと再検査を求めた。だが再検査をされることはなく、判定と同時に学校から退学を伝えられた。オメガが学校に通えないという法律はないが、バース性を理由に退学や入学拒否をすることは違法ではない。アルファのための抗フェロモン剤があっても世間では「オメガは害悪」という認識が強く、抵抗してまでオメガが学校に残ることは難しい。高校だけでなく、手伝っていた劇団も退団を余儀なくされた。

オメガと判明した時、支えになってくれたのは父だけだった。だがオメガには首輪装着の義務があるから、すぐに周囲に知られることになる。その時の迫害を思うと、知られる前に立ち去った方がいい。

父の反対を半ば無視する形で、蓮は家を出た。特にあてはない。だがオメガは厳重にその所在を管理されるから、道端で野垂れ死ぬことはないだろう。オメガを集めて派遣する会社があるから、仕事も住まいも最低限どうにかなる。

そこまで考え、最後に蓮の頭を過《よぎ》ったのは瑛理のことだった。

以前事故に遭った時、蓮は何の連絡もしないままに瑛理との関係を絶った。それは携帯電話が壊れたせいだったが、今回は連絡手段が残っている。

今度は別れる前に、一言だけ。

そう思い、蓮は瑛理に連絡を入れた。オメガだと判明してから、僅か一週間のことである。

『突然ですが、もう瑛理さんに会えません。でも今後も瑛理さんの活躍を祈ってます』

どの程度詳細に書くべきかを考え、結局は要点を絞りすぎて背景が何も伝わらないものになった。だが会えないということは伝わるだろう。

蓮はそれで終わりにするつもりだったが、すぐに電話が掛かってきた。

「お前なぁ、突然不穏な連絡よこすなよ」

確かに不穏なものを送った自覚はある。だがこれ程すぐ反応があるとは思わなかった。

「何なんだよコレ。会えなくなりました、じゃねぇだろ」

「すみません、色々端折《はしょ》ったらそうなってしまって」

「ワケ解んねぇ連絡すんな。つーか会えないって何だよ。また怪我か？」

「先日、バース判定の結果が出たんです」

結果がどうだったのかは言わない。だが「会えない」の一言できっと瑛理は察する。

「だから会えません。それで、今度は一応連絡をしてからお別れしようかと思って」

「お前、今どこだ」

瑛理の声が、少し低くなる。

「周りが静かだな、何処にいる？」

「外です」

「馬鹿、具体的に言え」

「夕暮里の喫茶店です。家に帰れなくて」

「帰れないって、何で。それなら、何処に行くつもりなんだ」

「父に迷惑を掛けたくないので。まだ首輪の支給がないので見た目はオメガだと解らないですし、今のうちにオメガの就労支援施設に行って頼ろうかと」

「はぁ？　その前に、頼る人間がいるだろうが。今近くにいる。ピックアップするから住所送れ」

「は？」

「は、じゃねぇだろ！　此処に頼る奴がいるだろって言ってんだよ」

電話越しに聞こえる深い溜息には、僅かながら苛立ちがある。

「今日は昼過ぎからずっと稽古で、今上がりなんだ。すぐに行く。つーか、こんな要領得ねぇメールひとつで終わりにすんな馬鹿」

二度も馬鹿と言われたなと思いながら、蓮は素直に居場所を送る。すると瑛理は本当にあまり時間を掛けずに、蓮を迎えに来た。

瑛理が乗ってきたタクシーに乗せられ、夕暮れの街を走る。

「何処に行くんですか」

「俺の家」

蓮は驚いた。

「待ってください。瑛理さんの家って、全員アルファですよね」

「そうだけど、家は誰もいねぇしお前だって今すぐ発情するわけじゃないだろ。大体クスリ飲んでたら発情期なんて関係ねぇし、発情期のとこさえ見せなきゃバレねぇよ」

蓮は黙った。瑛理に居場所を伝えた時点で、瑛理と二人きりになることは想定していた。それに今更帰りますと言ったところで、瑛理は納得しない。

やがて、閑静な住宅街の一軒家に着いた。瑛理は鍵を開け、蓮を中に入れる。政治家の家と言っても、普通の家だった。ただすべてのものが、蓮の家より一回りも二回りも大きい。玄関には絵画が飾られ、壁一面のシューズクローゼットがある。廊下は広く長く、階段の上からぶら下がる照明も洒落《しゃれ》ていて、カネが掛けられているのが解る。

部屋をぼんやり眺めていると、瑛理に二階に連れていかれた。瑛理の部屋に入ると、ベッドに座るよう促される。

「待ってろ、飲み物取ってくるから」

素直に頷いて座ったベッドは蓮のものより大きく、見渡した部屋は八畳はある。開けっ放しのウォークインクローゼットには撮影で貰ったものもあるのか、普段瑛理が着ている

Tシャツから見たこともない派手な柄物ジャケットまで、大量の服が無造作に掛けられ積まれている。その服の山を眺めていると、ぞわりと得体の知れない感覚に身体が震えた。それが何なのか。蓮が考えるより先に、瑛理が部屋に戻ってきた。

瑛理の手には、ペットボトルが二つある。

「蓮？　どうした？」

「いえ……」

「ぼーっとして大丈夫か？」

瑛理がボトルを投げ、蓮はそれを受け取る。キャップを開けて中身を一口飲むと、先ほど感じた妙な感覚はもうなくなっていた。

「お前、俺が連絡しなかったら橋の下で過ごすつもりだったのかよ」

「いえ……」

瑛理は、蓮の隣にどすんと座る。スプリングの良いベッドが、ゆさゆさと揺れる。

「アパートを探すつもりだったのですが、ひとまずネットカフェにでも行こうかと」

「ネカフェっつっても、いつまでもカネが持たねぇだろ。そしたらやっぱり橋の下じゃねぇか」

「解ってます」

「ホントに解ってんのか？　無計画じゃん」

「まぁそうなんですが、これから考えようかと」

「それを無計画って言うんだよ。つーかそれなら、暫く此処にいろよ」

蓮は、驚いて横にいる瑛理に顔を向ける。

「此処に？」

「そうだよ。行くアテないんだろ？」

「そうですが、流石にそんなご迷惑は――」

「馬鹿」

瑛理はいつかしたように、蓮の額に人差し指を当ててグリグリと押す。

「迷惑だなんて思わねぇよ。思ったら家に入れてねぇし、お前だから入れたんだからな」

「あの、それはどういう……」

「そのまんまの意味だよ。お前のことが心配で、お前のことが好きだから入れたって言ってんの」

瑛理の声が、また少し低くなる。頬を染めてまっすぐに目を見返され、蓮は戸惑った。

「俺は、オメガですよ」

「それはもう聞いた」

瑛理は背後に両手を着き、ぐっと背を伸ばす。

「けど、俺はバース性に偏見がある方じゃねぇし。家族が全員アルファだから、バースコンプレックスと無縁なだけかもしんねぇけど。だから別に、お前がオメガだろうがアルファだろうが気になんねぇよ。だからお前の気が向くなら、此処にいてほしい」

「そうは言いますが」

「それにお前がオメガってことは、俺と番になれるってことだろ」

瑛理は笑って、勢いをつけて起き上がる。

「そしたら、ホントに特別な関係になれる。もうお前が勝手にどっか行くことだってなくなる。俺にとっては、その方が都合がいい」

「馬鹿なことを言わないでください！」

瑛理は笑って言ったが、蓮は笑えなかった。

瑛理の気持ちは嬉しい。だが想いに応えるということは、瑛理の命を奪うことになる。

「俺は、瑛理さんを殺したくありません」

「別に殺されるなんて思ってねぇよ」

「思っていなくても、瑛理さんの命を奪うことになります」

「それって、俺がお前を生かしてやれるってことだろ？　俺にとってはいい話だ」

「全然いい話じゃありません」

「まぁお前がイヤなら、無理強いするつもりはねぇけど」

瑛理は笑みを消して、じっと蓮を見る。

「お前が嫌だったり、納得しねぇことはしたくないからな」

「別に、嫌とか納得してないとかでは」

「ホントか？」

「たぶん」

「多分ね。じゃあ、嫌だったら言えよ」

「何を――」

言おうとした唇は、瑛理のものによって塞がれた。舌を差し込むようなキスではない。触れるだけのもので、それはすぐに離れていく。嫌と言う余裕も押し返す時間もなかったが、どちらも必要なかった。

嫌ではない。

ずっと遠くにいたはずの瑛理が、いつの間にか近い存在になった。同じ舞台俳優を目指していた頃より、ずっと距離が近くなった。それが恋愛感情だと思ったことはないが、こうして瑛理に触れられると、身体が熱くなる。鼓動が速くなり、もっと触れたい、触れてほしいと思う自分がいる。だが、そこから先に進んではいけないと思う理性もあった。

「イヤ……？」

「嫌、ではないです。でも瑛理さん、俺は……」

嫌じゃない、でも受け入れられない。

それをどう伝えるべきか。考え言葉を止めていると、蓮より先に瑛理が口を開いた。

「なぁお前、今日、香水とか付けてる……？」

「え……？」

驚いて顔を上げると、瑛理の頬が赤い。何処か吐息も熱く、緩やかに酔っているような雰囲気がある。

「特に、付けていませんが……というより瑛理さんこそ、この部屋、お香か何か焚《た》いてますか？」

香水と言われて、蓮はふと気づいた。先ほどぞくりと感じた寒気のような悪寒のような、何だか解らない感覚。その源が、この部屋を満たす甘い芳香である気がしてくる。

「お香？」

「何か、強い匂いが……」

いつからしているのか、よく解らない。部屋に入った時からのような気がするが、これほど強くなかった気もする。その匂いに釣られるように、身体が熱を持つのを感じる。

「ああ、確かに……」

スンと鼻を鳴らして、瑛理は部屋の香りを嗅ぐ。

「甘い、匂いがするな。クラクラする」

瑛理が言ったのと、蓮がベッドに押し倒されたのは同時だった。覆い被さられながら、再び口付けられる。だが先程の触れるだけのものではなく、舌を差し込まれた。

（甘い）

無意識に舌を絡め返すと、瑛理の唾液を流し込まれる。それを飲み込むと嗅いだこともない香りを感じ、もう止まれなくなった。

瑛理の手が蓮の左手に重ねられ、蓮は右手を瑛理の首に回す。瑛理を引き寄せると、馥《ふく》郁《いく》たる香りに酔った。日常的に、瑛理の体臭など感じたことはない。だが今は瑛理の身体から発せられる匂いが、たまらなく蓮を興奮させる。

キスを続けながら、シャツのボタンを外された。だがそれを待っていることができず、蓮は代わりにとばかりに瑛理のシャツのボタンを外した。互いに肌を露出させ、再び抱き合うと触れる肌が温かい。同時に、ずくりと下半身が重くなった。

性器が熱を持ち、下着を押し上げている。だがそれ以上に後孔が疼き、熱を持っているのが解った。それが恥ずかしく息を荒くしたまま視線を逸らすと、瑛理は蓮の変化に気づいたようだった。乳首をべろりと舐め吸いつきながら、そのまま臍《へそ》を通って唇で愛撫を続ける。やがて、瑛理の唇はパンツのボタンに行きあたった。瑛理は興奮気味にボタンを外すと、下着と一緒に引きずり下ろす。

勃起して先走りをこぼす性器が露わになり、瑛理はその先端に触れる。裏筋を指先で辿られ、蓮はびくりと身体を震わせた。だが、瑛理の手は止まらない。ぺろりと唇を舐めながら後孔に触れると、人差し指をつぷりと挿入する。

「濡れてる……」

言われずとも、蓮にも解った。ローションでも注がれたように、中が濡れている。指を挿入されると内壁がうねり、たまらない快楽が身体を駆け抜ける。

「ホントに、オメガなんだな」

「ンァ……ッ」

瑛理はまた蓮に被さり挿入した指を動かす。乳首をしゃぶりながら指を回し、やがて指は二本に、三本にと増えた。それでも、蓮の後孔は苦もなく瑛理の指を受け入れる。それどころか、指の腹で内壁を擦られると感じたことのない快楽に襲われる。

「は、あっ、ンアアっ」

クチュクチュと、いやらしい音が部屋に響く。だがそれより瑛理が乳首をしゃぶる音と、顔を上げた時の吐息の方が煩《うるさ》かった。

「はぁ、は……っ」

瑛理が顔を上げると、視線が合う。一瞬、見つめ合ったまま止まったが、すぐに這い上がって再び蓮にキスをした。ピチャピチャと唾液を絡めていると、瑛理の匂いが鼻腔を蕩かす。ぬめる舌の柔らかさと温かさが気持ち良くて、暫くキスを続けた。

やがて唇を離すと、瑛理の唇は唾液に濡れていた。だが蓮の方がもっと濡れて、口元も汚しているだろう。それを拭うことができずに瑛理を見上げると、瑛理は膝立ちになってパンツのファスナーを下ろし性器を露出した。

それはすっかり上を向き、勃ち上がっている。自分に興奮していることが嬉しいような、恥ずかしいような気持ちが湧き上がる。だが、欲しいという本能の方が強かった。

「挿れるぞ」

ぽたりと、瑛理の額から汗が落ちる。その冷たさと匂いにすら、蓮は快楽を覚えた。

「瑛理さん、はやくほしいです」

酩酊《めいてい》しているように、何か悪い薬でも入れられたように頭が回らない。ただ気持ちいいとほしいが思考を支配して、手を伸ばして瑛理を求めてしまう。

その要求に、瑛理は応えた。額の汗を手の甲で拭うと、蓮の足を持ち上げて勃起した性器を後孔に擦り付ける。それから何の前触れもなく、蓮の中に押し挿れた。

「ンああっ」

痛みはなかった。中を擦り上げられるのが、ただただ気持ちいい。無意識にきゅうと中を締めると、瑛理のものを強く感じた。その少し狭くなった内壁で、瑛理は律動を始める。腰を掴み奥深くまで突いては、ずるりと引き戻す。その動きは徐々に速くなり、苦しいはずなのにもっと欲しくて蓮は瑛理に手を伸ばす。

「やっ、んあっ、あああっ」

瑛理は蓮に応えた。蓮の伸ばした手を掴むとそのままシーツに押し付け、両手を重ねてから再び腰を動かす。身体が前に倒れたせいで、より深くまで瑛理のものを感じた。

「きもちい、おく、ふかい……っ」

「……っ」

瑛理の呼吸を間近で感じて、その匂いと熱に浮かされる。もう何も考えられなくなり揺さぶられるままになっていると、やがて瑛理は蓮の中に射精した。

熱をどくどくと中に感じ、その刺激で蓮は触れられてもいない性器から射精する。だが勢いはなくトロトロと流れるような感覚しかなく、自分が中で達したのだと気づいた。

「瑛理さん……」

性器を抜いた瑛理が、どさりと蓮の上に覆い被さってくる。ぴたりと触れた肌は熱を持っているが、汗が冷たくて気持ちいい。瑛理は蓮の頬にキスをして、次いで喉元にもキスをする。それが擽《くすぐ》ったくて、蓮はもぞりと動いて枕を握った。

「蓮」

名を呼び、瑛理は背後から蓮を抱きしめる。耳元に瑛理の吐息を感じた。低い声で名を呼ばれると、ぞわりと快楽が駆け抜ける。

「ン……っ」

ピリリとした痛みが走ったのは、蓮が心地よさに目を閉じた時だった。頸を噛まれたの

だと解った。だがそれ以上何かを考えるより、快楽の方が強かった。血が流れていたが、匂いはしない。それより、瑛理の匂いがどんどん強くなっている気がする。

抱きしめてくる瑛理の温かい腕を、蓮はきゅっと握る。だがその手にも、あまり力が入らなかった。快楽のせいなのか、部屋を満たす匂いのせいなのか。蓮はふわふわと意識が遠くなり、そのまま眠ってしまった。


その後蓮が正気を取り戻したのは、女の叫び声が聞こえたためだった。

驚いて目を開けた瞳に入ってきたのは、見慣れない乱れたベッド、裸で自分に覆い被さって眠る瑛理。それに部屋の扉の前で悲鳴を上げる女だった。女が瑛理の母親だと知ったのは、直後に瑛理が目覚め、説明を始めたためである。

だが瑛理がした説明など、瑛理の母は聞いていなかった。警察に連絡をすると言うのを瑛理が必死に止める。ひとまず父親が帰るまでと母を宥め、それでも暫く瑛理と怒鳴り合いをしたのちに、母の興奮は憔悴と共に収まった。

だが父親が帰ってきたところで、何も好転しなかった。

「親父と二人で話してくる」

瑛理は部屋を出て行ったが、父と怒鳴り合う声は瑛理の部屋まで聞こえてきた。

「瑛理、抗フェロモン剤を飲んでなかったのか！」

「いつもは飲んでる。今日は昼前から稽古だったから、帰ったら飲むつもりだったんだよ。けど急ぎの用があって、そっちを優先してた」

急ぎの用と言われて、蓮が思いついたのは自分を迎えに来たことだった。蓮は連絡したことを後悔したが、聞こえる瑛理の声に蓮への悵恨《ちょうこん》の色はない。

「けど相手が蓮だったんだからもういいだろ。見知らぬオメガに発情したわけじゃない」

「見知っていようが知らなかろうか、オメガには変わりないだろう！」

「俺は元々あいつを引き取るつもりだったんだ。蓮と別れるつもりはない」

「お前は、オメガと番になることがどういうことなのか解ってるのか！」

「解ってるよ」

「解ってない。お前は、私より早く死ぬことになるんだぞ」

「そうかもな。けど親父より充実した人生送ってやるから、そこは心配すんな」

「瑛理！　私の言うことを聞きなさい。あのオメガとは縁を切るんだ。切れないのなら、手術をしてあのオメガの記憶を消してやる」

「記憶除去手術を受けろって？　あんな胡散《うさん》臭いもん、受けた方が寿命が縮まる」

「絶対に事故など起こさせん。私がいい医者を探してやる」

「また金を積むのか」

「金は使うためにあるんだ。いいか、今までさんざんお前を自由にさせてきたんだ。このくらいは言うことを聞け！」

父親より長く生きられない。

その言葉に、蓮は今更ながらゾッとした。自分が何をしでかしたのか。ベッドで目覚めた時はぼんやりしていたが、今ははっきり解る。瑛理をフェロモンで誘惑し、瑛理と関係を持ち、今瑛理の人生を滅茶苦茶にしようとしている。もちろん瑛理とこのまま番として生きれば、蓮の寿命は大きく延びる。だが自分を好きだと言ってくれた瑛理を、殺したくはない。

蓮はそっと部屋を抜け出すと、そのまま家を出た。まだ瑛理は父親と言い争っており、蓮が出たことには気づいていないだろう。

実父に迷惑を掛けまいと家を出たのに、瑛理に迷惑を掛けてしまった。結局オメガである以上、自分が関わればこういうことになる。その事実に、蓮は絶望した。

その後、すぐに瑛理から連絡が来た。掛かってきた電話を無視していると、今度はメールが届いた。無視しても何度も送られてきたが、それも黙殺した。瑛理からの連絡を受けるつもりはない。だが一つだけ、蓮には引っかかっていることがある。

瑛理が、このまま諦めるのかどうか。瑛理は蓮が何度離れても、蓮を追いかけてきた。執念もあるが、何より瑛理は優しい。仮に蓮との関係を諦めても、この先ずっと罪悪感を抱き続けるかもしれない。何もできなかったと悔い、自分が蓮を殺したと思うかもしれない。

それは蓮の本意ではない。この事態を放置し、逃げることはできない。

一週間後。蓮は瑛理の父、雄一郎《ゆういちろう》に連絡を取った。返事があるかは五分五分だったが、「息子との事件」について話したいと伝えると、雄一郎は応じた。待ち合わせの場所は、雄一郎が指定した。人目に付きにくい喫茶店の奥の席で、蓮が向かうと既に雄一郎がいた。

「この度は、大変なことをしてしまいました。申し訳ありません」

雄一郎の前に出るなり、蓮は頭を下げた。同時に雄一郎は立ち上がり、「貴様のせいで」と低い声を上げる。雄一郎は背が高く体格もよく、威圧感が強い。怒鳴られ殴られることすら覚悟したが、雄一郎はそれ以上言葉を続けなかった。

「いや、今更意味がない」

最上は、アルファの家系。その割にオメガへの嫌悪を向けてこないことが、蓮には意外だった。とは言え、先日の一件について、蓮を許してはいないだろう。

「話とは何だ」

「瑛理さんの記憶のことです」

「記憶？」

「すみません、貴方が瑛理さんと話しているのが聞こえてしまって」

記憶を除去する手術があるということは、蓮も知っている。

その手術をすれば、瑛理は蓮を忘れる。そうすれば、事故的に結んでしまったこの関係はリセットされる。現代の医学では番となった相手のフェロモンを防ぐ方法はないが、蓮が瑛理と会わなければそれで済む。雄一郎が瑛理に勧めていたのは、そういう話だろう。

「俺は、手術をするのに賛成です」

その手術を、瑛理に受けさせるべきだと思った。瑛理を傷付けず、この事故をなかったことにするにはその方法しかない。

「それを、伝えたくて」

眉間の皺を深くし頭を抱え、雄一郎は首を振る。

「そんなことは、もう何度も息子と話した。息子は今も君を探しているようだ」

「そうでしょうね」

「君は、息子の何なんだ。どうしてあんなことに……というか、どうしてオメガの君と一緒にいたんだ。自由にさせてはきたが、まさかこんなに節操がないとは」

「瑛理さんは優しい方です」

瑛理との関係を話せば長くなる。だが雄一郎が求めているのは、そういう話ではないだろう。

「瑛理さんはメディアで見せる顔や普段の態度からは想像がつかないくらい、優しい人です。だから、俺も瑛理さんのことが好きになりました。先日は酷いところをお母様に見せてしまいましたが、包み隠さずお話しすると、あの日までそういう関係ではなかったんです。あの行為で瑛理さんの寿命がどれだけ削られているのか、俺には解りません。ですが、今瑛理さんの記憶を消して関係を断てば、最悪の事態は免れると思います」

「息子は、それを拒否している。薬を打って病院に連れて行こうと思ったくらいだ」

「病院へは俺が呼び出します」

瑛理が自ら病院に行くことはない。それは先日聞こえた会話で十分に解っている。

「俺が呼び出せば、瑛理さんは来てくれると思います。だから、瑛理さんに手術を受けさせてください」

この手術は、本人の同意なしには行えない。だが本気かどうかはともかく「薬を打って」と言うくらいだから、雄一郎のように権力を持った人間が手を回せばきっとどうにでもなる。

「今日は、その提案をしたかったんです。如何でしょうか」

雄一郎は手元の珈琲カップを握りしめ、視線を蓮に向けることもなく黙している。

「最上さん」

「君の話を受けさせてもらう」

それから、話は早かった。瑛理から逃げて、およそ一ヶ月。その間、蓮に発情期は来なかった。オメガとして身体が成熟していないということなのだろう。先日急に発情したのは、好意を寄せる瑛理の匂いに反応した事故に過ぎない。だが時間の問題だった。もう一ヶ月も経たずに、蓮には住所登録や首輪の装着義務が発生する。登録しなければ親がオメガ管理放棄罪となるため、逃げることはできない。一刻も早く、この件を片付けなければならない。雄一郎が手術の日程を調整すると、蓮はすぐに瑛理に電話した。

「お前、勝手に消えてずっと連絡も取らねぇで、何考えてんだ！」

「すみません」

名乗る前に半ば怒鳴られ、蓮は素直に謝罪した。

「どうしても、連絡ができない理由があって」

「はぁ？　理由？」

「病院に行っていました」

息をするように、嘘が出た。病院になど一度も行っていない。だが瑛理を呼び出すにふさわしい理由になると、蓮は考えている。

「急なヒートを起こしてしまって、不安で。あの時も、気持ち悪くて吐きそうになって、慌てて部屋を出てしまっただけなんです。ごめんなさい」

「待て。おい、病院って大丈夫なのか」

「今は落ち着いています。でも大丈夫ではないので、一緒に病院に来てほしいんです」

「大丈夫じゃない……？　お前、ほんとにどうしたんだよ」

「妊娠していると、先生が……」

わざと、少し声を震わせる。

「すみません。堕ろそうと思ったのに、お金がなくて、できなくて」

「蓮」

瑛理の声が低くなる。瑛理は真面目な話をする時と緊張する時、少し声が低くなる。

「本当なのか」

「すみません」

真っ赤な嘘だが、本当だとも言わなかった。言わない方がそれらしくなる。

「お前、今何処だ？」

以前と、同じ質問をされた。

「何処だ。今稽古が終わったとこなんだよ。すぐに行く」

稽古上がりなのも知っていた。雄一郎から聞いて、この時間を選んで連絡している。

「牧谷三丁目の雑居ビルです。その近くに、菱川《ひしかわ》医院という小さな診療所があります。今から来て頂けますか……？」

瑛理が否と言うとは思わなかった。その予想は外れず、瑛理は「すぐに行く」と電話を切る。診療所は、雄一郎が指定した。表向きはただの内科のように見えるが、裏では記憶除去手術を行なっているらしい。怪しい立地に不安を覚えたが、雄一郎が指定したのだから腕のいい医者なのだろう。

「おい蓮、大丈夫なのか」

蓮が待合室で待っていると、サングラスを掛けた瑛理が息を切らして入ってきた。他に患者はいない。静かで薄暗い診療所に、瑛理の声はよく響いた。

「すみません、急に呼び立ててしまって」

「ンなことはどうでもいい。お前、子供ができたって……」

瑛理が駆け寄ってきたので、蓮は立ち上がる。瑛理は蓮の腹に手を伸ばし、そっと触れた。

「ほんとに、此処に俺の子供がいんのか？」

思いがけない瑛理の行為に、蓮は言葉に詰まる。子供などいない。オメガとして成熟していない蓮は、生殖機能がまだできていない。それなのにソワソワと腹を見つめる瑛理に、罪悪感を覚える。だが本当の蓮の罪は、瑛理と関係を持ってしまったことだろう。

「瑛理さん、こちらへ」

蓮は瑛理の問いには応えず、瑛理を診察室に誘導した。奥には手術室がある。診察室に入ると、中年の白髪混じりの医師がいた。

「瑛理さんを連れて来ました」

瑛理を医師の前に連れていって、蓮は一歩下がる。

「最上瑛理さんで、間違いはないですかな？」

「そうです」

瑛理が返事をするのと、背後からスーツの男二人が瑛理を押さえたのは同時だった。

「は？　何なんだよ！」

この手筈は、蓮も聞いていなかった。だが鍛えられた体つきと慣れた様子から、雄一郎が万一に備えて用意していた人間だと解った。そのことに、瑛理も気づいたのだろう。

「お前、俺を騙したのか」

瑛理は振り返り、蓮を見た。信じられないという表情で、男に押さえつけられたまま眉間の皺を深くする。

「すみません」

「蓮！　ふざけんなよ！」

「瑛理さん」

瑛理は蓮のしたことを許さないだろう。だがどうせ、あと数時間で全て忘れてしまう。

「俺も、瑛理さんのことが好きです」

忘れると決まっているのなら、最後くらいちゃんと伝えておきたい。

「そんな風に考えたことはありませんでした。でも瑛理さんに触れられて、キスをされて、嬉しかった。それが俺がオメガで瑛理さんのアルファのフェロモンに反応しただけなのかとか考えたんですけど、やっぱりそんなものじゃなくて、ただ瑛理さんのことが好きなんだと思います」

「だったら――」

「でもだからこそ、瑛理さんの命を奪いたくありません」

「ふざけんな！」

瑛理は納得せず、無駄なのに掴まれた腕を振り払おうとしている。

「確かにこの前のことは、事故みたいなもんだった。だからお前が望まないなら、俺は頭を床に擦り付けてお前に許しを請わなきゃなんねぇって思ってたよ。けどそうじゃねぇなら、もう俺とお前が番になって、それでこの話は終わりでいいだろ！」

「手術を受ければ、俺への想いも忘れます。それで、本当にこの話は終わりです」

蓮は、瑛理から一歩下がる。これ以上話していても、意味はないし結果は変わらない。

それは瑛理も解っているはずなのに、瑛理は黙らない。

「蓮！　俺はお前を忘れても、絶対見つけ出してやるからな！」

あまりの気迫に、蓮は黙る。

「覚えてろ、絶対お前を思い出して、またお前の前に現れてやる」

立ちつくす蓮の前で、瑛理は二人の男に奥の部屋へ引きずられていく。

「だからそれまで死ぬな！」

　それが、瑛理と交わした最後の言葉になった。奥の部屋の扉が閉まるのを見届けてから、蓮は診察室を出る。外の狭い待合室に行くと、雄一郎がソファに座っていた。

「息子のああいう情熱的なところは、見たことがなかった。意外だな」

　立ち上がった雄一郎に蓮は軽く礼をする。これで、蓮の役割は終わった。あとは雄一郎に任せれば、すべて丸く収まる。蓮は出口へ向かったが、雄一郎に呼び止められた。

「君、これを」

　雄一郎は、明らかに札束が入っているだろう茶封筒を差し出してくる。

「何ですか、これは」

「息子の手術をするということは、君の命を奪ったことと同義だ。それに君はこれから一人で苦労をすることになるだろう。金が要るはずだ。取っておきなさい」

「要りません」

　蓮は封筒に触れることなく、ただ雄一郎を見上げる。確かに、金は必要になる。あるに越したことはない。だが金を受け取るようなことを、蓮はしていない。

「これは受け取れません」

「君の意地かね」

「意地も何も、受け取る理由がないからです。その代わり、一つ確認をさせてください」

「勿論だ」

「どうしてこの医院を選んだんです?」

瑛理の父だから、瑛理に不利益なことをするはずはない。そう思い問い詰めなかったが、男に腕を掴まれ引きずられる瑛理を見て、一抹の不安を覚えた。

「こんな裏路地の診療所を選ばなくても、他にも良い医者はいたはずです。どうして此処なんですか」

「私が探した中で、一番良い医者だと判断したからだ。心配することはない」

「本当にそれだけなんですか?」

雄一郎は、人当たりがいい。オメガの蓮を前にしても嫌悪感を示さず、人として接してくれる。悪い人間ではないのだろう。この手術も、息子を想っての決断だと解っている。

だがだからこそ、雄一郎が違法なことに手を染めているのではないかと思った。

「俺が賛同したのは、瑛理さんの記憶を消すというところまでです。もしオメガを疎むように思想播植をするというのなら、お願いですからやめてください。瑛理さんがまたオメガと接触することを心配しているのだとしても、アルファには抗フェロモン剤があります。あとは俺が瑛理さんの前に現れなければ、それで済むはずです」

思想播植は、違法なことに加え後遺症のリスクも高くなる。何より性格にも影響するし、瑛理が瑛理ではなくなってしまう可能性がある。

「息子さんは、本当に優しい方です。俺がオメガだと解っても、嫌な顔一つしませんでした。これからもそういう人であってほしいです」

「勿論だ。そんなことをするはずがないだろう。私の大事な息子だ。安心しなさい」


以来、雄一郎とは会っていない。

瑛理の手術がどうなったのかも、蓮は知らなかった。それに瑛理と別れた後は自分の生活をどうにかしなければならず、考える余裕もなくなった。

当初の予定通り、オメガをスタッフ派遣している会社に登録をして、築五十年を超えるボロアパートで暮らし始めた。仕事は清掃員だが、待遇は同じ仕事をしているベータよりずっと悪かった。オメガを安く派遣し、マージンを多く取る。それがオメガ派遣会社のやり方だが、それ以外に生きて行く方法がない。

だが生きたとしても、どうせあと十二年程度。

蓮は、もう全てがどうでも良くなっていた。仕事は楽しくない。首輪を付けているため、何処に行っても虐《しいた》げられる。同僚はオメガ同士少しは仲良くすればいいのに、互いの待遇を巡っての嫌がらせは日常茶飯時で、オメガ同士での諍《いさか》いもある。

その全てが面倒になり、蓮は人との関わりを絶った。必要もなかった。ただ腹が減るから食べ、食べるために金が必要で、そのために仕事をする。そのルーチンを繰り返していれば、いずれ寿命が来て死ぬのだろう。

蓮が瑛理の姿を見たのは、そんな腐り切る寸前のことだった。

深夜テレビを点けていると、たまたま瑛理が舞台に立つ姿が映っていた。瑛理のその後を、蓮はあえて追っていなかった。時間もなかったし、見ても辛いだけだと思っていた。

だが久しぶりに見た瑛理の姿は、蓮の知る彼よりずっと立派になっていた。いつの間にか舞台の主演を張るようになり、昔よりずっと表現の幅を広げていた。ＭＣの質問ににこやかに応え、少し乱暴で適当な物言いをしていた瑛理はいない。

（そうか、主演か）

特別、大きな公演ではない。それでも舞台で演技をする瑛理は輝いていて、成長を続ける姿は眩しかった。声は以前よりよく通り、台詞もはっきり聞こえる。指先まで役の魂が籠っており、瞳は情熱的で画面越しにも強い力を感じる。

『今回の作品で、瑛理さんは初めての主演となりますよね。瑛理さんは元々モデルですが、何年か前から舞台役者に転向されています。そのきっかけは何だったんでしょうか？』

『演出家の杉本さんの舞台を見た時、震えるほどの感動を覚えたからですね』

『杉本さんの演出は、私も大好きです。先日の公演では——』

インタビューの内容を聞きながら、蓮は途中から話があまり入って来なくなった。

（本当に忘れてるな）

寂しさもあったが、おかしさの方が大きくて笑ってしまった。あの後何も確認していなかったが、瑛理の手術は成功したのだろう。

「人のことこっちの道に引きずり込んだくせに」

瑛理が言った言葉を、蓮は覚えている。

「いつか、お前の衣裳を来て舞台に立つよ。俺がお前を舞台の上まで連れてってやる。だから、今度は辞めるな」

瑛理は、いつも蓮を支えてくれた。思い返せば、初めて撮影で瑛理と出会ってから、蓮は思いもしなかった運命に流されて、役者を辞め、ついにはオメガとして全てを捨てる道しか選べなかった。だが瑛理はずっと、蓮を支えてくれた。それは今も変わらず、人生のすべてを諦めて投げ出してしまおうとしていたのに、また瑛理が目の前に現れた。

(あと残り十二年、今自分に出来ることとしよう)

その翌日、蓮は派遣会社に契約の終了を申し出た。その足で衣裳デザイナーとして再び働くため、就職先を探した。だが当然、世間は甘くはない。経験のひとつもない人間は即お断りだし、何よりオメガという時点で断られるのが大半だった。

それでも、蓮は諦めなかった。この業界には、「アルファ嫌い」で有名な実力のある舞台衣裳デザイナーがいる。それが榊で、蓮は無謀を承知で榊に頭を下げにいった。

もちろん、榊は二つ返事で蓮を雇ってくれたわけではない。だが蓮の情熱と必死さを買ったのか、さして基礎知識もない蓮を榊は周囲の反対と反発を押し切って育ててくれた。知識を得て技術を学び、やがて仕事を与えられるようになった。現場に出ないながらもプロとして仕事ができるようになったのは、二十三になった頃だった。

その頃、瑛理はテレビや雑誌で見ない日がないほどの俳優になっていた。そんな瑛理の姿を追いながら、早く追いつこうと必死だった。

副作用の強い発情期を抑制する治験薬も、率先して飲んだ。恩のある榊に迷惑を掛けたくなかったし、万が一現場で瑛理と顔を合わせた時、絶対に発情してはならないと思ったからだ。瑛理が抗フェロモン剤を服用していても、番関係にある蓮を前にしては効果がない。もし瑛理の前で発情してしまえば、瑛理は確実に煽られる。

そういうすべての経緯を、蓮は榊だけに話した。蓮の全てを知っているのは、この世で榊だけ。そのくらい、蓮は榊に恩がある。蓮は榊が自分のことを想ってくれていることを知っているし、榊が今も蓮の選択に納得していないことも知っている。

「この企画公演を、俺の最後の仕事にしようと思います。今後は裏方に専念させてください」

華南が出て行った会議室で、蓮は榊に言った。だが榊は想像の通り、苦い表情になる。

「俺はそんなの承知しねぇぞ。大体お前の『やりたいこと』だって、一つしか終わってねぇだろうが」

「そうですが、一つ叶えばもう十分です。本当に叶うとは思っていませんでしたし」

「おい、ラッキーで夢が叶ったみたいに言うな。それはお前の努力の結果だ」

榊の寂声《さびごえ》が、会議室に響く。

「だから続ける気なら、俺はいくらでも協力してやる」

申し出が嬉しいと思いながらも、蓮は首を振る。

「いえ、それはもういいんです。もう一つ、別のことをしなければならなくなったので」

残り二年、残り二つ。この願いを叶えるのは、流石に難しい。もう時間もないし、瑛理とは接触しないと決めている。だがそれでも、自分にできることはまだ残っている。

「別のことだと？」

「瑛理さんは、恐らく思想播植をされています」

以前テレビで見ていた時から、解っていたことだった。昔の瑛理とは、まるで違う。そうなってしまった理由は、ひとつしかない。

「瑛理さんは昔から態度はデカいし口も悪いんですが、それでも優しい人なんです。オメガを理由もなく嫌悪する人ではありません」

「オメガを忌み嫌うように、アタマに植え付けられたってことか」

「そうです。だからその事実を知る俺が生きている間に、どうにかしてあげたいんです」

「どうにかって……」

榊は、嫌そうに溜息を吐く。

「何でそこまですんだ。残りの人生は、もう自分のために生きればいいだろうが」

「自分のためですよ」

別に、瑛理のためだとは思っていない。

「残りの時間が短いからこそ、自分にできることがしたくなってしまうだけです」

それが今の蓮の、本当に正直な想いである。

＊＊＊

瑛理の出演する『オセロー』の公演は連日満員御礼だった。

蓮は相変わらず、榊のオフィスにいた。もう現場に出ないと、蓮は決めている。

瑛理の思想播植の件は、特に進展はなかった。瑛理を捕まえて「実はアナタのオメガ嫌いは手術のせいなんです」と言ったところで証拠がなくては意味がないし、何より蓮は瑛理に会うつもりがない。

与良がオフィスを訪ねてきたのは、蓮が今後のことを考えていた、公演も終盤に差し掛かったある日のことである。

「覚えていますかね、瑛理のマネージャーの与良です」

企画公演の一作目の時、この男には随分嫌な顔をされた。蓮のことを良く思っていないことを、蓮自身も知っている。

「もちろん、覚えています。『タイタス』の時はご迷惑をお掛けしました」

与良は苦い表情で笑った。今でも蓮のことを良く思っていないことが解る。それならば、蓮としては早く話を終わらせたい。

「今日はどのような御用でしょう？　また、衣裳のことで何かありましたか？」

「いえ、今日はこれを渡しに来ただけです」

与良は鞄の中から、一枚の紙切れを差し出してくる。サイズ的に「瑛理に近づくな」という小切手かと思ったが、渡されたのはチケットだった。

「これは……？」

「『オセロー』の関係者席チケットです。最近、蓮さんは現場に来られていないでしょう。それで裏方にいないのなら、是非表から舞台を見て欲しいとのことで瑛理が」

「いえ、俺は別の仕事がありますから」

「ご自分の手掛けた舞台でしょう」

まるで蓮が断ることを知っていたかのように、与良は畳み掛けてくる。

「是非、来て欲しいとのことです。私も来ていただきたいと思っています」

「ですが――」

「はっきりお伝えすると、アナタが来なければ、また瑛理がゴネて何を言い出すか解らないから渡しに来たんです」

与良は語調を強める。眼鏡の奥の瞳は、刺すように蓮に向けられている。

「正直、これ以上オメガに瑛理に関わってほしくありません。だからこれで最後にしたいんです。アナタとの仕事はこれで終わり。瑛理もアナタが来てくれれば、それで納得するでしょう。だから来てほしいんです」

与良は、華南と似たようなことを言った。一方的に「来い」と言っているに等しく、蓮に選択の余地を与えない。

「日程は……」

「千秋楽の前日、夜の公演です。仕事があっても、午後六時開演なら来れるでしょう」

「見に行くだけでいいんですか」

「勿論です。楽屋には来ないでください」

「解りました」

此処で否と言っても、与良は納得しないだろう。あまり気は進まなかったが、開演ギリギリに入って終演と共に席を立てば、きっと問題も起こらない。

一週間後、蓮は与良の指示の通り公演に向かった。首輪は、タートルネックのニットで隠した。流石に舞台を見に行くのに、首輪を見せるのは目立ちすぎる。

渡されたチケットは、二階席の最前列だった。蓮の席は中央ブロックの端で、出入りもしやすい。開演間近だったが隣の席はふたつほど空いており、空席のまま開演になった。

真っ暗になった劇場の中、小さなスポットライトが灯る。そこに立っていたのは旗手イアーゴーで、この男の奸計にかかり瑛理演じるオセローは妻を殺し、自らも命を断つ。再び舞台が暗くなると、華やかなベニスのセットの中に瑛理が立っていた。瑛理が舞台に立つ姿はテレビで見てきたし、雑誌でも見た。この企画公演が始まってからはリハーサルで見ることもあったし、舞台袖から見ることもあった。だが客として正面から見たのは初めてで、本当に瑛理が自分の作った衣裳を纏い演じているのだと思うと感慨深い。

前半、時間はあっという間に過ぎた。幕が下り休憩のアナウンスが入り、場内が明るくなる。館内がざわつく中、蓮は席を立たなかった。会場前に買ったパンフレットを開き、後半が始まるのを静かに待つ。背後から聞き覚えのある声がしたのは、そんな時だった。

「こちらです、足元に気をつけてください」

声の方を見ると、与良がいる。蓮の隣の席が空いているから、席は与良が別の人間に用意したものだろう。それなら奥へ通そうと、蓮は席を立つ。しかし立ち上がったところで、蓮は動けなくなった。

与良が連れて来た男に、見覚えがある。十年近く前から知っているその男を、今でもテレビで見ることがある。背が高く体格が良いため、近くに来るとかなりの威圧感があった。何か言わなければ。それ以前にこの場から立ち去らなければ。そう思うのに、身体が上手く動かない。

「蓮さん、すみませんが奥に通して頂けますか」

何も知らない与良が、蓮に席を退くように促す。だがその声が、丁度良く蓮の呪縛を解いてくれた。蓮は視線を男に向けたまま、通路に一歩出る。すると男は足を止め、蓮を見た。その目は、一瞬で大きく見開かれる。

「どうして、君が此処にいる……?」

階段に立ち尽くしたまま蓮を見下ろしたのは、瑛理の父、雄一郎だった。

「どういうことだ。どうして君が……」

雄一郎の声は怒りと畏怖で震えていた。恐らく雄一郎は、蓮のことなど忘れていた。だからこそ、この状況はまずかった。様々な事情が重なり今こうなっているが、説明したところで雄一郎は納得しないだろう。

「間もなく公演を再開します。座席にお戻りください」

会場内に、公演再開五分前のアナウンスが入る。今すぐに席に着くべきだろうが、流石にそうすることはできないし、きっと雄一郎も許さない。

「最上さん、場所を変えてお話を——」

「話が違う。話が違うだろう！」

雄一郎の声は、徐々に大きくなる。

「君は、まだ息子と会っているのか。いつから、どうして、どういうことだ」

「顔を合わせることはありましたが、今はもう会っていません。約束を反故《ほご》にしたことは謝りますが、それは仕事で——」

「約束と違う！」

過呼吸になったように、雄一郎は息を震わせている。

「どういうことだ、こんなこと、あっていいはずがない。与良くんは知っていたのか！」

「最上さん聞いてください。約束の件は謝罪します。ですが貴方だって約束を破っているはずです！」

謝罪など、今の雄一郎には意味がない。また息子の命を脅かされていることで、頭がいっぱいのはずである。だが蓮にも、言いたいことがある。

「息子さんに、してはいけないことをしたのではないですか」

「それは、貴様のような輩《やから》に引っかからないために——」

「待ってください！　お二人とも！」

身体を震わせて口を開いた雄一郎を、止めたのは与良だった。与良は雄一郎の腕をぽんぽんと叩き、落ち着かせている。

「落ち着いて、まずは外に出ましょう。他のお客様のご迷惑になります」

周囲の視線が、雄一郎と蓮に向いている。これだけ騒げば当然だろう。

「だから、落ち着いて。お話はゆっくりと外で」

与良は雄一郎を連れて、場外の扉へと向かう。それに蓮も続いたが、雄一郎と話をすることはなかった。雄一郎がタクシーに乗り込み、会場を後にしたためである。

＊＊＊

翌日。

瑛理の公演が無事終わったと蓮が知ったのは、アリサから連絡を貰ったためだった。

「先ほど、無事全公演終わりました！　本当にお疲れ様でした！」

「アリサさんこそ、現場に出てくださってありがとうございました。お疲れ様です」

「いえ、本当は蓮くんに此処にいてほしかったですけど……」

アリサは声をしょんぼりさせて呟く。アリサはずっと、蓮を慕ってくれていた。アリサのような者がいたから、蓮は諦めずに此処まで来れたと思う。

「アリサさん、このまま打ち上げに出られますよね？　ゆっくりして来てください。榊さんも行くと言っていましたよ」

「あの……そのことなんですけど……」

　アリサは、歯切れ悪く言葉を詰まらせる。アリサは酒が好きだし、業界の人と知り合う機会にもなるからこの手の集まりも好きなはずである。蓮が来れないことを懸念しているのか。そう思っていると、急にガサガサと音がして、電話から聞こえる声が変わった。

「おい蓮」

　普段より、少し声が低い。だが名乗らなくても、蓮がその声を聞き間違えることはない。

「瑛理さん……」

「久しぶりだな」

「どうも」

「お前、結局俺の公演見に来なかったんだって?」

　チケットを渡しただろうと言われて、蓮は言葉を詰まらせる。チケットは受け取ったし、劇場まで足も運んだ。だがとても瑛理には言えない事情で、途中退席している。瑛理の一番の見せ場は見ることなく帰っているし、何よりあの騒動を瑛理に知られるわけにはいかない。与良もそう判断し、瑛理には「来なかった」と伝えたのだろう。

「すみません、仕事の都合がつかなくて」

「また仕事か。つーか、それならせめて打ち上げくらい顔出せよ」

（本当に与良さんの言う通りになったな）

与良は瑛理がゴネたと言っていた。だが蓮が舞台に行かなかったせいで、「それなら」とまた瑛理は蓮と接触しようとしている。だが出来れば、蓮は瑛理と会いたくない。

「すみません、今日は別件で立て込んでいて」

「なら今度改めて、別の日でもいい。少しくらい顔出せ」

「そんなに言ってくださるのなら、今日少し顔を出します」

「今日は仕事なんだろ？　じゃあ別の日に連絡する。それでいいよな」

しまった、と蓮は思った。言い訳をして今日の打ち上げを不参加にしたつもりだが、瑛理に誘導されていた。何かと言い訳をして瑛理を遠ざけていることを、恐らく瑛理も気付いている。そして与良は、こうなることを恐れていたのかもしれない。

その後すぐに電話はアリサに返され、瑛理との話はそれで終わった。

瑛理からは、すぐに連絡が来た。時間と場所も指定されており、そもそも今日は蓮を打ち上げに呼び出すつもりがなかったのだと知った。

指定された日は一週間後の夜、都内のレストランだった。洋館を改装して作られた店で、入り口で名前を言うと奥の個室に通される。店内では綺麗に着飾った男女が、楽しげに食事をしている。蓮は一応シャツにタイを締めてきているが、それでも場違いだと思う。

個室はそれなりに広かった。丸テーブルに四つの椅子があり、その一つに瑛理がグレイの光沢のあるスーツを着て座っている。

「遅くなってすみません」

「いや」

各椅子の前には大きな皿が三つ並んでおり、綺麗に折り畳まれたナフキンが乗っている。瑛理はシャンパンを飲んでいて、店員にメニューを出された蓮は炭酸水を頼んだ。すぐに運ばれてくると、瑛理は飲みかけのグラスを蓮に向けてくる。

「お疲れ」

出されたグラスで乾杯をすると、チンと綺麗な音がする。良いグラスは音もいい。

「お前の衣裳、かなり評判良かったよ」

泡立つシャンパンを一口飲んだところで、瑛理はグラスを置く。

「千秋楽終わったあと、結構同業からも声掛けられた。あと評論家からも『当たり役だ』とか言われたりして。これなら、マジで賞が狙えるんじゃねぇのかなって思ったりしてるよ。ありがとな」

「そんなことは……」

瑛理の演技が評価されたのだから、蓮が礼を言われる謂れはない。

「瑛理さんの実力です。俺は何もしていませんよ」

「役者の実力は必要だけど、役とか演出とか、そういうモンの影響は大きいだろ。俺への評価は、俺だけが評価されたモンじゃないって思ってるよ。だからお前のお陰でもある」

「そう言って頂けると、嬉しくはありますが」

根本的には、瑛理の実力だろう。昔と比べて、瑛理は格段に演技の幅が広がり舞台の上での表現力も上がった。それは「アルファだから」という一言で片付けることもできるが、きっとそうではない。以前打ち合わせの際に見た瑛理の持つ台本に、赤字がびっしり書き込まれていたのを蓮は知っている。

「で、今日はその礼がしたかったのと、お前に聞きたいことがあったんだ」

瑛理は一息つくと、再びシャンパンを口に運んだ。

「聞きたいこと、ですか?」

「ああ」

「何でしょう?」

「お前と親父との約束って何?」

瑛理はシャンパンを置いて、頬杖をつく。口角が上がり、笑っているようにも見える。だが目は全く笑っておらず、真っ直ぐに蓮を見ている。

「与良から聞いたよ。お前、この前の舞台見に来てたんだろ。で、途中で親父と揉めて退席して、お前も親父も帰ったって。話聞いた時、何の冗談かと思ったよ。けど親父に聞いても、知らぬ存ぜぬだ。だからお前に聞こうと思ったけど、お前もどうせ親父と同じ反応になるんだろ？　だから親父もこの席に呼んだ。相変わらず時間通りに来ないけどな」

言われて初めて、蓮はこのテーブルに皿が三枚置かれていた理由を知った。考えずとも、このような高級店で「いない人間」の席に皿を置くはずがない。

「お前、親父と知り合いだったんだな」

「知り合いと言うほどのものでは……」

「じゃあ何なんだ？　普通に生きてて、オメガが政治家と知り合う機会はないだろ？　いつ親父と会った？　何処で、何のために」

蓮は何も言えなかった。恐らく、瑛理は与良からすべて聞いている。

「言えないのか？」

「いえ……」

「まぁ、言えないだろうな」

何も言っていないのに瑛理は断定し、スーツのポケットからスマートフォンを取り出す。それを少し操作すると、テーブルの上に置いた。

『俺が瑛理さんに近づくのに、どれだけの労力を使ったと思ってるんです？』

スマートフォンからは、蓮の声が響いた。

『この業界にいればアルファが選り取り見取りと思うかもしれませんが、アルファの方は皆クスリを飲んでいますからね。仮に俺がフェロモンで誘惑したとしても、引っかからないんですよ。ですがご存知の通り、瑛理さんは俺のフェロモンに反応する』

こうなることを想定して、華南に録音させていた。だがいざ目の前で自分の声を耳にすると、心臓を潰されるような心地になる。吸い込んだ息が、上手く肺まで届かない。それでも蓮は必死に、深く息を吸う。

「お前の声だな」

「そうですね」

「お前が昔役者だったって話の信憑性が、これで高くなった。すっかり騙されたよ」

瑛理は鼻で笑い、テーブルの上で手を組んで勢いよく背もたれに寄り掛かる。

「俺の推測はこうだ。お前と親父に関わりがあったように、俺とお前も昔関わりがあった。オメガのお前はそのご立派な演技力で俺を誘惑して、俺は誘われるままにお前と関係を持った。お前のその首にある噛み跡は、俺だな」

蓮は何も言わなかった。否定すべきところはある。だがこれが蓮が望んだ結末なのだから、真実を口にすべきではない。

「その事故を親父が知って、お前は親父と接触した。親父は怒り狂っただろう。一人息子の命が奪われてるんだからな。けど一度番の関係になれば、優位になるのはオメガだ。番のアルファに近づいて発情すれば、どう足掻《あが》いてもアルファは反応する。だからお前は親父に取引を持ちかけたんだろう。二度と俺の前に現れない代わりに、金を寄越せとかな。

親父は了承したはずだ。親父はすぐに、金で物事を解決したがる。お前はきっと、自分の寿命が尽きるまで暮らしていけるくらいの金を貰ったはずだ。それで取引は成立。俺がお前を覚えていないのは、お前を忘れるための記憶除去手術を受けたからだ。話は、それで終わりになるはずだった。けどお前はまた俺の前に現れた。そこらのオメガよりずっと裕福な暮らしをして、今の暮らしに満足して、死にたくないと思ったからだ。普通のオメガなら、あんな虐げられる生活をしてて、もっと生きたいなんて思わない。お前が副作用の強い抑制剤を飲んでたのも、俺に会うまでに仕事を辞めさせられたら困るからだ。けど予想外だったのは、華南が誘発剤を持ってきたことだ。それでお前の計画は崩れた」

どうだ、と目を細める瑛理に蓮は口を噤む。否定もしないし肯定もしない。それが一番、この話の信憑性を高めることになる。

「お前、前に俺が何でオメガ嫌いなのかって聞いたことがあっただろ。その理由が、やっと解ったよ。お前のせいだ。お前への拒絶と憎悪が、俺をオメガ嫌いにした。お前を忘れたから、脳が都合がいいように記憶を補完したんだ。そう考えると納得がいく」

瑛理は立ち上がった。こんな時でも瑛理は姿勢が良く所作が綺麗で、まるで舞台に立っているようだった。

「お前の反応を見てると、親父が来るのを待つまでもなかったな」

瑛理はテーブルの上のスマートフォンを手にすると、そのまま部屋を後にする。

蓮が一人残された部屋には、未だ食事前の飾り皿が三枚置かれている。だがもう、この部屋に三人が揃うことはないだろう。

蓮は座ったまま、深く呼吸をした。目を閉じて、何度も呼吸を繰り返す。そうして息を整えなければ、席を立つことすらできない気がする。

それから、どのくらいそうしていたのか。腕の時計を見るとまだ到着から二十分も経っておらず、あまり時間が過ぎていないことを知った。それでも、もう退席すべきだろう。この店の会計はどうするのかと思いながら、それでも蓮は個室を出ようとした。

だが蓮が扉に手を伸ばすより先に、扉が開いた。そこには濃灰色のスーツを着た雄一郎がおり、蓮を見るなり目を大きく見開く。そのまま出て行くか蓮を罵るかと思ったが、しかし雄一郎は個室の中に入って来た。

意外だった。雄一郎は、恐らく息子と二人で食事をするつもりで来た。そこに蓮がいたというのに、あまり動揺がない。瑛理が問い詰めたと言っていたから、この状況を見て察したのかもしれない。

「もう、瑛理さんは帰りましたよ」

蓮は簡単に、事情を説明する。

「俺がどんなに望んでも、もう瑛理さんは俺には会わないでしょう。安心してください」

「どういうことだ」

「『邪推というのはそれそのものが毒。毒は始め、嫌な味などない。だが少しでも血の中に入り込むと、たちまち硫黄《いおう》の如く吹き上がる』」

言葉を、雄一郎は理解していないだろう。だがこの言葉が、今の瑛理には相応しい。

「オセローを陥れた、イアーゴーの台詞です。瑛理さんは、少し前から俺のことを疑っていました。自分が記憶を消されたことに気づいていたようです。だからこれ以上真実に近づかせないために俺が毒を足しましたが、思ったよりよく効いたようです」

オセロー役の瑛理がオセローと同じ道を歩むのが、少しおかしかった。だが結末は瑛理の死ではなく、蓮の死で終わる。

「君は、命を奪うために瑛理に近づいたんじゃないのか」

「今も昔も、そのつもりはありません」

「じゃあどうしてあそこにいた?」

「瑛理さんの舞台を見るためです」

それ以上でも以下でもない。だがこの説明だけでは、流石に不親切だろう。

「俺は今、衣裳デザインの仕事をしています。そこで瑛理さんの衣裳を担当していました。先日の舞台衣裳も俺が担当していたんです。でも本当にそれだけで、最上さんが想像されるような瑛理さんとの接触はありません。ですが、最上さんを不安にさせたことは謝ります。すみませんでした」

「いや……」

雄一郎は、少し視線を逸らす。罵られるかと思っていたのに、雄一郎はそうしない。

「君は、いつも瑛理の舞台を見に行っていたのか?」

代わりに投げかけられた質問に、蓮は首を振る。

「いえ。実は、ちゃんと見るのは初めてでした。もう見る機会はないでしょうから、最後まで見れなかったのが心残りです。最上さんは、よく行かれるんですか?」

「いや、普段は見ることはない。だが珍しくチケットが送られて来たからな。余程自信があったんだろう。今回は都合をつけて見に行った」

「そうですか。それは申し訳ないことをしました」

「私はいいんだ。また機会がある」

雄一郎は、蓮に時間がないことを知っている。だがそれを嘲ることはなく、申し訳なさを滲ませている。そんな今なら話せるかもしれないと、蓮は再び口を開く。

「心残りと言えば、もうひとつあります。瑛理さんの手術のことです」

ぴくりと、雄一郎の眉が動く。

「あの時、俺は思想の播植はすべきではないとお話ししました。後遺症のこともありますが、思想はその人の人格にも影響を及ぼすことがあるからです。最上さんは、しないから安心しろと俺に言いました。でも、播植手術をしましたよね」

雄一郎は何も言わない。蓮の言葉が正しい証拠だろう。

「瑛理さんは、元々差別主義者ではないはずです」

雄一郎は視線を逸らしたまま、黙って蓮の話を聞いている。

「俺がオメガだと解っても何一つ気にすることはなかったですし、子供ができたと言えば喜んで診療所まで足を運んできました。そういう優しい人です。そんな瑛理さんが、メディアに何て話しているか知っていますか？　オメガは穢《けが》らわしい、関わりたくない、ファンにならなくていい」

「今の時代、そんな考えを持つ人間はゴマンといる。オメガ差別は珍しいことじゃない」

「ですが時代が変わったら？　植え付けた思想は、いつか瑛理さんの足枷になります」

時代は、常に流れている。オメガが当たり前に認められる時代が、来ないとは言い切れない。そんな時が来ても、植え付けられた思想は自分の意思によるものではないからこそ変わることがない。

「説明すべきです。もう一度手術をしろとは言いません。せめていつどんな手術をしたのか、医師に説明させるべきです。そうすれば――」

「それは無理な話だ」

少しは自分の思想が偏っていると自覚する。

言いかけた蓮に、雄一郎は少し声を大きくして返す。

「それは、無理だ。もうどうにもならん」

「どうしてです？」

「当時瑛理の手術を担当した医師が、もう死んでいるからだ」

雄一郎は漸く視線を上げ、唇を震わせながら蓮を見る。

「あの時手術を担当した菱川医師は、三年前に逮捕されたんだよ。君の言う通り、違法な手術をした罪でな。その後、心臓発作で獄中死した。もう瑛理の手術をした証拠は、何も残っていないのだよ」

雄一郎は、悲痛な表情をしていた。その顔を見て、雄一郎が何故蓮を罵らなかったのか、理由が解った気がした。

雄一郎もまた、瑛理の人間性が昔と変わっていると感じていたのだろう。だがそれをどうにかする手段がないために、「あの時の選択は正しかったのだ」と脳が言い聞かせている。記憶を失わずとも、人間の脳は都合良く物事の解釈を作り上げる。

雄一郎はずっと、自分の決断が正しかったのか解らないままだったのかもしれない。


それから、一ヶ月が過ぎた。

年が明けて一月の下旬になると、例年、演劇文化を対象にした賞のノミネートが発表される。舞台に関わる人間は、少なからずこの話題に敏感になる。それは榊のオフィスでも同じで、蓮は周囲がソワソワしているのを感じていた。蓮は相変わらず、表舞台には立っていない。アリサの育成と榊の手伝いに専念し、オフィスの中でも榊の個人スペースで作業をすることが増えた。

やがてノミネート一覧が出ると、社内は歓喜と落胆の声で溢れた。衣裳デザイン部門のノミネートは社内で二件あったが、いずれも蓮の関わるものではなかった。

瑛理は『オセロー』で主演男優賞にノミネートされていた。元々テレビ露出が多いこともあり、ワイドショーでも取り上げられている。だが内容は、ほぼゴシップだった。

『瑛理さんはモデルの華南さんと長くお付き合いされていますが、今回もし受賞したら、その受賞スピーチで華南さんとの結婚を発表するのではという話もありますね』

コメンテーターは適当なことを言う。瑛理がどれほど華南を愛していても、きっとそんなことはしない。舞台に関わった者の名前を端から上げ、感謝の言葉を述べて終わる。

「ハッピーエンドは難しいな」

蓮が榊の仕事部屋で縫製作業をしていると、榊が入ってきた。榊はテレビを眺めながら蓮の前まで来ると、どすっと椅子に座る。

「俺は何だかんだで、コイツはお前のことを思い出すんじゃないかって思ってたよ」

テレビには、瑛理が舞台に立つ映像が映っている。蓮の作った衣裳を着ているが、もう随分昔のことのような気がする。

「そう思ったから、俺と瑛理さんを引き合わせたんですか」

「そうだよ。ハッピーエンドの方が物語は楽しいだろ」

瑛理とは、ずっと会うべきではないと思っていた。瑛理の父との約束もある。だが実際に会ってみれば「べきではない論」など紙屑同然で、一緒にいることの嬉しさと楽しさが蓮に誤った選択をさせてしまった。後悔はある。だが榊に感謝している自分もいる。

「もちろん、どいつもこいつもハッピーエンドになれるってわけじゃねぇ。けどお前にはその可能性があったし、俺はそうなってほしかった」

「榊さんが、そんな楽観主義者だとは思いませんでした」

「そりゃ俺だって、妹が三十そこそこで死んだ時はこの世にゃ希望も何もねぇって思ったさ。けど、こういう仕事を長くしてるとな。ハッピーエンドを推したくもなる」

「シェイクスピアは生涯で三十七の戯曲を作りましたが、十作が悲劇ですよ。残念ながら四分の一の確率でバッドエンドです」

「なかなかの確率だな」

「今回の企画公演でいえば、三分の二です。俺は百分の二以下の確率のオメガ。どんなに確率が低かろうが高かろうが、誰かには当たるんです。確率なんてアテになりませんよ」

「そうかもな」

テレビでは、ノミネートされた別の役者のゴシップに話が移っている。そのせいか榊もテレビに興味をなくしたらしく、次の仕事の資料を蓮の前に広げてきた。

瑛理が主演男優賞を受賞したのは、それから一ヶ月後のことである。

＊＊＊

二月末になって、瑛理は急に忙しくなった。

新しい舞台の予定は、直近ではない。主な仕事はモデルで、他に雑誌の取材やアンバサダーになっているブランドの撮影。それに先日主演男優賞を受賞して以来、あらゆるメディアからの取材が増えている。それだけなら良かったが、最近はプライベートにまでカメラが入り込んでくる。仕事量の増加より、瑛理はそのことに疲弊した。

そんな生活を受賞後二週間ほど続けていたせいで、受賞の喜びを噛み締めるタイミングがなかった。もちろん授賞式で名前を呼ばれた時は、震えるほど嬉しかった。受賞スピーチでは関係者の名を挙げ礼を言ったが、世の中の受賞者が皆小さな紙を片手にスピーチをする意味を、瑛理はその時初めて知った。感動と興奮で、マイクを前にすると名前を忘れる。言い忘れたつもりはないが、次があれば用意しておこうと心に誓った。

慌ただしい日々が漸く落ち着き、三月の半ばに差し掛かった頃。瑛理は、また雑誌のインタビューを受けていた。小さな地方誌で、次の舞台について話すことになっている。

場所は、都内の会議室だった。写真もグラビア撮影のように仰々しいものはなく、話しているところを撮るだけなのですぐに終わる。

「では、よろしくお願いします」

スタッフはインタビュアーの女性と、男性カメラマンのみだった。

「先日は主演男優賞の受賞、おめでとうございます」

話している横で、カメラマンがレフ板を組み立てている。

「次回の公演『深海』は、受賞後初めての作品になりますよね。非常に楽しみです」

「受賞者として見られるでしょうから、私個人としてはとても緊張しています」

話題は授賞式のことから、役のこと、演出家芳賀との関係などに及ぶ。予定通りな上に他でも話している内容のため、瑛理は定型の回答をスラスラと返した。続いて次回作の見どころ、意気込みを話す。取材時間は残り十分、終盤に差し掛かった。

「では、最後に。最上さんは、舞台に対する情熱がとても強い印象です。どうして舞台にこだわり続けるのか、舞台俳優を目指したきっかけなど、お話しいただけますか？」

「はい、それは——」

これも過去に何度も答えてきたもので、殆ど定型文になっている。いつもの通り話せばいい。そう思って口を開いたが、しかし出てくるはずの答えが一瞬出て来なかった。

同じ質問に、最近答えた覚えがある。企画公演が始まる直前、テレビのプロモーションに呼ばれてアナウンサーに答えた。その時と同じ回答をすれば、何も問題ない。だがそうではない「真実」を話した記憶が、ふと頭を過る。

(同じ質問を、あいつにもされた)

ずっと忘れていたはずの男が、急に脳裏に浮かんだ。

あれから、蓮には会っていない。当然授賞式でも名を挙げてない。だが一度思い出すと、跪《ひざまず》いて丁寧に衣裳の調整をしていた姿が頭から離れなくなる。

「生の舞台が好きと言っていたでしょう。何か、きっかけがあるんですか?」

聞かれて過去に見た舞台の話をすると、あまりに曖昧なせいで蓮はくすくすと笑った。

「そんな曖昧なもの、全然きっかけじゃなくないですか?」

瑛理は「きっかけだった」と反論しながら、昔のことで有名な舞台でもないのだから仕方がないと思った。だが何故、今更そんなことを思い出すのか。

「最上さん……?」

「いえ、すみません」

一人思考に耽っていた瑛理は、慌てて女性に向き直る。

「私が舞台の道に進んだきっかけは、演出家の杉本さんに感銘を受けて――」

この話は何度もしている。だが話しながらも、頭の中には別のことがあった。

(そうだ。本当に曖昧で、思い出せないっていうより覚えてない)

この「曖昧な舞台」の話は、何度も色んな人に尋ねた。その度に様々な回答を得たが、何を聞いてもピンと来ない。それらしい話がなかったわけではない。だがまるで蓋をしたように、何を聞いても合っているのか間違っているのかすら解らなかった。

そして瑛理には、同じように一切を思い出せない人間がいる。

（あいつなのか……？）

今まで、考えたこともなかった。

だが舞台が思い出せないことと蓮を思い出せないことは、まったく同じ現象だった。何を聞いても、しっくり来ない。蓮の過去を想像しても、それが正しいのかが解らない。まるで記憶に穴を開けてくり抜いたように、イメージが存在しない。

もし蓮の記憶を消したせいで、記憶に紐づいた舞台も忘れているのだとしたら――

「最上さん？　どうかしましたか？」

インタビュアーの声に、瑛理ははっとした。

仕事の最中だと言うのに、まったく集中できていなかった。プロとしてあるまじきことだと、瑛理は深呼吸をして女性に向き直る。

「すみません」

瑛理はソワソワする気持ちを抑え、その後は滞りなくインタビューを終えた。

荷物を片付け先に退出すると、瑛理はすぐにタクシーを拾った。向かった先は自宅ではなく、父の住む、以前瑛理も住んでいた一軒家である。

久しぶりに実家に帰ると、家には誰もいなかった。母は暫く出張と言っていたが、その方が瑛理には都合がいい。父と話すためにわざわざ帰ってきたのだ。

父が帰宅したのは、二十二時を回ってからだった。玄関で音がすると同時に瑛理が出迎えると、父は驚いていた。事前に何も言っていなかったから、当然だろう。

「来ていたのか」

「自分の家なんだから、いつ帰ってもいいだろ」

「それはその通りだ。よく帰ってきたな」

靴を脱いだ父は、そのままリビングへと向かう。瑛理が追いかけると、鞄を置くなり「話は何だ」と尋ねてきた。

「話がなければ、わざわざ帰ってこないだろう」

その通りだった。それに二ヶ月前、蓮と同じ席に呼んだ時も、結局父とは顔を合わせなかった。急な仕事ができたと誤魔化していたが、以来何も話せていない。

「聞きたいことがあった」

「私に聞きたいことなど、珍しいな」

「親父にしか解らないことだからな」

「私に答えられることなら答えるが」

「俺は、何年か前に手術を受けたことがあるだろ」

父の顔色が変わる。顔を強張らせたまま黙る父に、瑛理は続ける。

「今でもたまにニュースになってる、記憶除去の手術だ。別に惚けなくていい。おおよその想像はついてる」

舞台役者に転向した時期を考えると、約十一年前。恐らく瑛理はまだ学生だった。

「俺には覚えがない。けど、流石に学生が勝手に手術を受けるのは無理だ。ってことは、親父は知ってるはずだ。それに親父は、久瀬蓮のことも知ってるよな？　だから親父が知ってて俺が知らないことを、教えてほしい」

蓮の名前を出したのは、父が確実に蓮と接点があると解っているためである。

「俺は、手術を受けてるよな？」

「どうしてそう思う？」

「色んなことを総合すると、そうとしか考えられないからだよ。受けてるんだろ？」

「何か思い出したのか？」

「思い出してない。っていうより、何を忘れてるのかの確認がしたい。だから聞いてる」

「お前が思い出したくないことかもしれないんだぞ」

「それは手術を受けたことを肯定してることになるけど、そうなんだな？」

父は黙る。だが沈黙こそが肯定だった。

「親父！」

眉を寄せ詰め寄ると、父は瑛理から目を逸らし苦い表情になる。

「お前のためだった」

「お前の想像の通り、お前は手術を受けている。私が受けさせた」

「何のために」

そうだろうと思っていた。だが改めて自分の記憶が欠けていることを突きつけられると、それなりに衝撃がある。

「俺が忘れてるのは、蓮のことなんだろ？」

「そうだ」

「俺が昔、あいつの首に噛み付いたからか」

「ああそうだ。お前はあの時、この家であのオメガと――」

父は目を閉じる。額に手を当て沈黙したのちに、ゆっくり顔を上げ瑛理を見る。

「母さんはショックで悲鳴を上げて、暫く喉が潰れて声が出なかった。もちろん私も受け入れられなかった。一人息子の命が、見知らぬオメガに奪われていたんだ。当然だろう」

父の声は落ち着いており、声の色に憎しみはない。

「だが私たちの想いに反し、お前は悲観してなかった。自分の命が奪われたというのに、お前が気にしたのは一緒にいたオメガの処遇だった。私はお前の正気を疑ったよ」

瑛理は話が理解できない。

「蓮の……？　待ってくれ。そもそもどうして、蓮がこの家にいたんだ」

「同じ役者をしている、友人だったようだ。私は何も知らなかったが、随分親しかったんだろう。彼もお前のことを慕っていた。そうじゃなければ、自分が死ぬと解っていてお前の記憶を消す協力などしないだろうからな」

「協力？　蓮は、俺の記憶を消すことに合意してたのか」

「そうだ」

「どうして」

「お前が手術を拒否していたからだ。彼の協力なしに、手術は成し得なかっただろう」

父は小さく息を吐き、近くのソファに座る。

「私がどんなに説得しても、お前は頷かなかった。それどころかお前はずっとあの青年を探し続けて、諦めようとしなかった。番というものはそんなに結びつきが強いものなのかと、恐ろしくなったよ。だがある日、彼の方から連絡があってな」

膝の上で組んだ手を、父はぎゅっと握る。

「彼が、お前を呼び出すと言ったんだ。お前を騙して、手術をする病院に呼びつけると。あとはお前の想像の通りだ。お前から彼に関する記憶を消して、それで終わりだ」

「俺の意思を無視して、俺から記憶を消したのか」

頭から、血が引くのを感じる。蓮が何を思って自分を騙し、今もずっと騙し続けているのか。どうして自分の衣装を作りたいと言ったのか。もう考えずとも解った。

「瑛理さんが舞台に立っている姿が好きです」

さらりと告白をした、蓮の姿を思い出す。何も言わず、自分の死を受け入れ、ただ瑛理が生きることを望んだ蓮に、自分はどんな酷い言葉を投げつけたのか。思い出すと、胃の中のものがせり上がりそうになる。

「それだけじゃない。その手術の時、思想播植の手術もした」

だが追い打ちを掛けるように、父は信じられないことを告白する。

「お前のオメガ嫌いは、お前の意思じゃない。私がそうなるよう医師に頼んだからだ」

瑛理は息を呑み、父との距離を詰める。

「は?! 冗談だろ」

「仕方なかった、必要なことだったんだ」

「必要ないだろ。百歩譲って、蓮のことを忘れればそれで良かったはずだ!」

「必要だった！ お前を殺されたくなかったんだ！」

声を荒げた瑛理に、父は強い眼力と声で返す。

「きつい性格の母さんと私の息子の割に、お前は優しい子だった。成長しても変わらず、友人がオメガだと解っても彼を捨てようとしなかった。私は冗談ではないと言ったが、お前は納得しなかった。そんなお前をそのままにしてみろ、また同じことを繰り返す！」

父の言っていることが、解らないわけではない。オメガと番の関係を持ちオメガと共にあれば、アルファは命を奪われる。大切な一人息子が自分より早く死ぬ可能性を考えれば、親として当然の行動かもしれない。

「そうするしかなかった……だが今は、そうすべきではなかったと思っている。あのオメガの青年の言う通りだ」

意味が解らず眉を寄せる瑛理に、父は声を落として俯く。

「思想は、人格や性格に影響する。手術を受けてからお前は変わった。テレビでお前がオメガ嫌いを主張する度に、私の選択が間違っていたのではと不安になった。それでもお前が正しい道を歩んで生きてくれるのだからいいのだと、目を瞑《つぶ》ってきた。だが認めなければならないだろう。彼は今も、私よりずっとお前のことを大切に思ってくれている」

父は立ち上がると、少しシワになったスーツを正して静かに瑛理を見る。

「今も、お前は彼と接点があるんだな」

瑛理は今、蓮と接点というほどの接点を持っていない。今蓮が何処にいるのかも、何をしているのかも解らない。だが、父はそんなことは知らないのだろう。

「お前がもうすぐ三十ということは、彼の寿命はあと一年程度。以前の『オセロー』の時は、私が邪魔をしてしまった。予定があるなら、お前の舞台のチケットを渡してやってくれ」

「チケット？」

「彼は金を受け取らないが、チケットなら受け取るだろう。お前の舞台を見れなかったのが、心残りだと言っていたからな」

父のしたことを、許すことはできない。だが責めることもできなかった。これほど弱々しい父を、瑛理はかつて見たことがない。


父と話したその足で、瑛理は榊のオフィスに向かった。

時刻は深夜二十三時。タクシーを呼んだが、蓮がいるかは微妙な時間だった。だがオフィスに着くと、ビルの電気は点いていた。ということは、まだ人がいる。そしてこの時間にいるのは蓮くらいだと、瑛理は経験上知っている。

エレベーターで階上に行くと、灯りの点く部屋に向かう。だが辿り着いた部屋にいたのは、蓮ではなかった。どかりと足を投げ出してパソコンに向かっていたのは、榊である。

瑛理を認めるなりじろりと視線を向けた榊に、「こんばんは」と一応挨拶をする。

「あの、蓮は……いないんですか？」

「いねぇよ。何時だと思ってんだ」

「そう、ですよね。失礼しました」

「おい待て。どうして蓮が此処にいると思った？」

謝罪して部屋を出ようとした瑛理を、榊は引き止める。

「こんな時間、アパートの方がいる確率高いだろ。蓮のアパート、知らねぇのか」

「知りません。それにいるなら此処ではないかと……此処は、あいつの居場所なので」

扉の前に立っていると、榊は胸ポケットから封筒を出し、瑛理に投げてくる。

「受理はしてねぇ。預かってるだけだ」

何なのかと受け取ったそれを見ると、『退職願』と書かれてある。蓮のものだろう。蓮のスケッチを何度か見たから、綺麗な字を覚えている。

「別に辞めなくても、このまま此処で働けばいいって言ったんだけどな。けど、言い出したら聞かねぇんだアイツは。コイツも作りかけのまま出て行きやがって」

榊に顎で指された方を見ると、部屋の隅にジャケットを着たトルソーが立っている。だが作りかけで片方の腕しかなく、不恰好だった。その衣服に、瑛理は見覚えがある。以前見たスケッチと少し違ってはいるが、蓮が瑛理をモデルにデザインしたものだった。

「これは……俺のためのもの、ですよね？」

確信を持って尋ねると、榊は驚いた顔をする。だがすぐに表情を戻すと、息を吐いた。

「知ってたのか」

「以前このオフィスを訪ねた時、蓮に言われました。連がやりたいことの一つだと」

「衣裳デザイナーの仕事じゃねぇって、何度も言ったんだがな。見ての通り、趣味の裁縫レベルだ。煌びやかな授賞式なんかで着れるようなモンじゃねぇのに、よくやるよ」

「榊さんは、蓮がこのスーツを作りたかった理由をご存知なんですか？」

「まぁ、そうだな。聞いてる」

「なら教えてください。もしかして、俺が昔、蓮と約束をしていたからなんでしょうか」

スーツを作りたいなど、確かに衣裳デザイナーの夢としてはおかしい。だがもし蓮が何か想いを込めてこのスーツを作っていたのだとすると、納得がいく。

「お前、思い出したのか」

目を丸くする榊に、瑛理は首を振る。

「いえ、思い出したわけでは。ですが榊さんは俺が忘れていることもご存知なんですね」

「そういうお前は、思い出してねぇのに誰から聞いた？」

「父です。聞いたのはつい三十分ほど前のことですが。だから蓮を探しに来ました。此処にいると思って訪ねたんですが、榊さんは蓮の居場所をご存知ないですか？」

「探してどうする？　蓮を責めるつもりなのか？」

「まさか」

睨むように目を細めた榊に、瑛理は慌てる。

「そんなわけありません。ただ今捕まえておかないと、あいつはまた俺の前からいなくなるでしょう」

　全てを知る榊は、恐らく誰より蓮の理解者だった。そして誰より蓮を大切に思っている。それ故に警戒したのだろう。そういう人間が蓮の近くにいてくれたことが、少し救いだと思う。

「蓮は今、品鳴の水族館で働いてる」

　暫しの沈黙ののち、榊は口を開く。

「水族館？」

「イルカショーで有名なとこだよ。知らねぇか？　噴水にプロジェクションマッピング当てて、アートサイエンスショーみてぇなのやってるとこ」

「知ってます。そこで、ショーの衣裳デザインをしてるんですか？」

「ンなわけあるか。清掃員だよ清掃員。オメガの派遣会社から派遣されてんだ」

　はぁ、と榊は馬鹿にしたように溜息を吐く。

「この時間なら、まだ働いてるだろうよ。十一時まで開園してるしな」

「ありがとうございます！」

　瑛理は頭を下げると、そのまま榊に背を向ける。だが榊は、瑛理を引き留めた。

「おい瑛理」

　呼ばれて振り返ると、榊の鋭い瞳が瑛理を睨みつけている。

「何でしょうか」

「蓮の三つ目の願いを知ってるか？」

　蓮の名前を出され、瑛理は再び榊と向き合う。

「いえ、聞いていないです。それも俺が約束していたことなんでしょうか」

「いや、蓮が勝手に望んでたことだ」

「勝手に？　何なんですか」

「お前に自分の作った喪服で葬式に出てもらうことだ」

　想像もしていなかった言葉に、瑛理は目を見開く。

「授賞式用のスーツが作れりゃ、喪服だって作れるだろ。二つより三つがキリがいいって理由だけで作った、安直な願い事みてぇだけどな。ま、本人は叶うとは思ってなかったみてぇだし、お前に手を合わせてもらえりゃ御の字くらいの気持ちだろ。けどその調子じゃ、二つ目は無理でも三つ目は半分くらいは叶えてやれそうだな」

　瑛理が蓮の葬式で、手を合わせるくらいのことはしてやると思ったのだろう。

「達成率、五割ってところか。オメガの人生としちゃ、上出来かもしれないな」

　榊がどこまで本気で言っているのか解らない。だが確かにオメガの人生としては、榊に拾われキャリアを積んできた蓮の人生は、悪くないものなのかもしれない。

　もちろん蓮が死ねば、手を合わせるつもりはある。

だがあと一年で、蓮の人生を終わらせるつもりはない。

榊のオフィスに寄ったその足で、瑛理は水族館に向かった。子供向けというよりデートスポットで、展示はクラゲの部屋と熱帯魚の部屋のみ。あとは大きな水槽が置かれたレストランとバー、それにイルカショーをするためのプールがある。

到着した水族館は、既に閉園していた。だが閉園間もないためか入り口が開いており、瑛理はそっと中に入る。ゲートにはロープが張られ、灯りは落とされスタッフもいない。エントランスを潜り抜け、瑛理は熱帯魚のトンネルを足速に進む。

ネオン色の水槽を通り過ぎると、クラゲが一面に泳ぐ部屋にたどり着いた。天井が鏡張りで、青や紫のライトを浴びたクラゲが空中を漂うように泳いでいる。その間を潜り階上に向かうと、潮の匂いがした。すぐに目に入ったのは青く輝く巨大な円形プールで、想像していたよりずっと立派で美しかった。

そのプールを囲んで、三六〇度に客席が並ぶ。もうイルカは水槽にいなかったが、照明チェックでもしているのか暗い部屋に赤やピンクの花弁が映されている。ヒラヒラと花弁が散る間を、白い小さな魚や黄色い蝶の映像が通り過ぎる。

その幻想的な空間の中に、蓮はいた。相変わらず黒いTシャツを着て、モップで床を磨き、客席を雑巾で拭く。狭く見積もって千席はあるそこを、一人で清掃するのは重労働だろう。瑛理はそんな蓮のもとに向かい、客席の階段をゆっくりと下りていく。

「蓮」

やがてその距離が階段二つになったところで、瑛理は蓮を呼んだ。すぐに反応した蓮が、顔を上げる。下から見上げ瞬きをする蓮が、少し会っていないだけなのに妙に懐かしい。

「瑛理さん……」

モップを握りしめたまま、蓮は幻でも見ているような顔をする。

「どうして、こんなところに……撮影ですか？」

「こんな時間に、んなわけねぇだろ」

「じゃあ、何しに来たんです？　もう閉園の時間ですよ」

「そうみたいだな」

「どうやって入ったんです？」

「どうって、普通に正面からだよ」

「もう閉まってますよね」

「そうだな。けど顔パスで通してもらった」

「冗談でしょう」

「冗談だよ。まぁ、正直に言うと不法侵入だ。こうでもしないと、お前に会えないだろ」

小さく息を呑んだ蓮が、動揺しているのが解る。

「此処にいるって聞いたから、お前に会いに来た。お前と話がしたかったからな。この前は、俺が一方的に話して俺が一方的に出て行っただろ。だからちゃんと話を……っていうか、あの時は悪かった」

「そんな」

蓮は無意識だろう、少し後ずさる。

「そんなこと、謝罪する必要はないでしょう。瑛理さんが怒るのは当然です」

「当然？」

「自分が騙されていたと知って、気分を良くする人はいませんよ。別に瑛理さんだけではありません。大体俺に騙されたアルファは、皆瑛理さんと同じように逆上して——」

「蓮」

ペラペラと話す調子づいてきた蓮を、瑛理は止める。少し動揺して見えたのに、いつ立て直したのか蓮は息をするように嘘を吐く。

「お前、ほんとに名優だな」

嫌味を込めて言ってやると、蓮は黙る。

「もう、嘘は吐かなくていい」

「嘘？」

「お前、役者だったんだろ？　で、俺とお前は知り合いだった。それも特別な仲だ」

「何の話です？」

「俺は覚えてない。俺が手術を受けたせいだけど、お前も一枚噛んでる。そうだな？」

「本当に、何の話です？　何か勘違いをしているのでは――」

「親父が白状した。何から何まで全部な。だからもう惚けなくていい」

未だ認めない蓮に事実を突きつけると、蓮は黙る。瑛理も黙していると、蓮は諦めたのか、モップを客席に立て掛けて小さく息を吐いた。

「そう、ですか」

ぽつりと、蓮は呟く。

「瑛理さんが真実に辿り着きそうになって、慌てて逃げたのに。俺のせいで――」

「別にお前のせいじゃない。悪かった」

蓮が何を言いたいのかは解らない。ろくでもないことな気がしてそれ以上言わせなかったが、蓮は理解ができないとばかりに眉を寄せる。

「どうして瑛理さんが謝るんです？」

蓮の声が、珍しく震えている。

「謝るのは俺の方です。俺が瑛理さんに近づかなければ……十二年前に瑛理さんと出会わなければ、瑛理さんは手術を受けることもなく、何の心配もなく役者ができたのに」

「違うだろ」

瑛理は即座に否定する。

「お前と会わなかったら、俺は役者なんかしてねぇよ」

きっとモデルを続けて舞台を見ることもなく、可もなく不可もない人生を送っていた。

「お前のことを、俺は何も覚えてない。だからお前の立った舞台のことも覚えてない。けど俺が役者になったきっかけはお前だ。だからお前と会わなかったら、今の俺はいなかった。そうだろ？」

蓮は否定しない。ということは、蓮もその事実を知っている。

「けど俺はお前を捨てて、お前を忘れて、何も知らずに役者になった。お前がどこで何してるのかなんて考えることもなくて、何の不自由もなく、今まで俳優人生を歩んできた。お前は一人でずっと苦しんできたのに。俺はお前と再会してからも、お前に酷い言葉を何度も投げつけた。お前を追い出そうとして、お前を苦しめてばかりだった」

「それは違います」

瑛理と出会わなければ、蓮の人生はきっと違うものになっていた。それなのに、蓮は穏やかに笑って瑛理を否定する。

「瑛理さんが居たから、俺は此処まで来れたんです。瑛理さんが役者を続けて、舞台に立ち続けてくれたから。だから俺は腐らずに済みました。俺の寿命は、残り僅かです。でも瑛理さんがいたから、こんな充実した人生を送ることができたんです。瑛理さんに感謝はしても、謝られるようなことは何もありませんよ」

「俺は十年前のお前を覚えてない」

蓮は、もう話を終わりにしたいのだろう。だが瑛理は話を終わりにするつもりも、蓮の命を終わらせるつもりもない。

「けど、自分のことは覚えてる。昔の俺は若くて考えなしで、実力もないのに自信だけがあった。あの頃の俺だったら、きっとお前に何もしてやれなかった。だからお前にまんまと騙されて記憶を失って、結局お前も失ったんだろう。けど今ならお前を支えてやれる」

瑛理は階段を一段下り、蓮との距離を詰める。

「だから、俺と生きてくれないか」

周囲には、リハーサル用の光の海が映し出されている。先ほどまで赤だった花弁は白と青に色を変え、壁一面を海の色に染めている。

「俺はその言葉を簡単に受け入れられるほど、中途半端な気持ちで瑛理さんに嘘をついたわけではないんです」

やや伏せて言った蓮の目にも、キラキラと光が反射する。

「解ってる」

「俺は、瑛理さんと仕事ができただけで、もう十分で」

「十分だから、俺と一緒になるつもりはないか？」

「はい」

「俺の命を奪いたくないから？」

「そうです」

「でも俺は俺の命をお前にやってでも、お前に生きてほしい。お前が俺に生きてほしいように、俺もお前に生きてほしいんだよ。俺だって、そんな中途半端な気持ちで此処に来たわけじゃない」

　蓮と再会したばかりの頃。一度「精子をやろうか」と蓮を嘲弄《ちょうろう》したことがあった。その時は蓮を助けるつもりも自分の命を差し出すつもりもなく、ただ蓮を追い出すことしか考えていなかった。だが今は蓮に生きてほしいし、ずっと隣にいてほしい。

「十一年前は、お前の思う通りにさせてやったんだ。だから今度は俺の好きにさせろ」

　瑛理がもう一段階段を下りると、蓮は瑛理を見上げる。背後の円形プールでは天井から噴水が落ちており、その噴水に合わせてホール全体に光のシャワーが降りてきた。眩しいほどの光の中、瑛理は蓮の首に手を伸ばす。硬く装着された首輪の金具に指を掛けると、するりと黒い首輪が外れた。肩を手前に寄せると、以前も見た噛み跡が見える。

「これは、俺が付けたものなんだよな？」

「そうです」

「覚えてない」

「瑛理さんに手術をしたのは、お父様が瑛理さんのために見つけた誰より優秀な医師でした。だから思い出すことはないと思います」

「思い出さなくても、もういい」

指先で、赤みを帯びている噛み跡をなぞる。そのまま両手で蓮の肩を押さえ、顔を埋めた。ひくりと蓮の身体が震える。それを押さえつけて、瑛理は蓮の首元に噛み付く。

「ン……ッ」

蓮が細く声を漏らすと同時に、血の味が口の中に広がった。微かに甘い匂いがする。だが以前舞台の上で蓮が倒れた時ほど強いものではなく、心地いいものだった。

「榊さんから、お前のやりたいことの残りひとつを聞いた」

蓮の肩を両手で支えたまま、瑛理は互いの吐息を感じる距離で向き合う。

「二つ目も三つ目も、俺が叶えてやる。けど三つ目は三十年後だ。それでいいな？」

「え……？」

「馬鹿、鈍い奴だな。プロポーズしてんだよ」

遠回しな言葉を選んだ自覚はあるが、反応が薄いと流石に恥ずかしくなる。

「いいよな？」

「瑛理さん、俺は――」

「いいか悪いかだけ答えろ。ま、悪いっつっても、俺は諦めねぇけどな。お前が何処に逃げても、絶対に見つけ出してお前の前に現れてやる」

断らせるつもりはないと瑛理が念を押すと、蓮ははっと驚いた顔をする。

「何だよ」

「十一年前と、同じことを言うんですね」

「十一年前？」

「同じことを言われました。絶対に無理だと思っていたのに。本当に見つけるなんて」

蓮は目を細め、柔らかく微笑む。自分が言ったことを、瑛理は覚えていない。だが蓮はずっと、その言葉を胸に留めていたのかもしれない。

「本当に許されるのなら、また瑛理さんの隣にいたいです」

「馬鹿、許さねぇとか思うのかよ」

瑛理は蓮を抱き寄せ、そのまま口付ける。デートスポットだけあって、雰囲気がいい。イルカは不在だが観客も不在で、これだけシチュエーションのいい場所はなかなかない。

蓮を抱いたまま舌を絡め、何度も唇を重ねてから離れる。

「お前、収まりがいいな」

失くしたものが、漸く戻ってきたような心地良さがある。

蓮の濡れた唇が、照明を受け光っている。涙に濡れた瞳が、キラキラ輝いていた。

＊＊＊

それから、瑛理は蓮を連れて引っ越した。

蓮と暮らすとなるとセキュリティが良い場所がいい。都心の中でも富裕層が多い地区の静かな場所を選んだ。新居の場所は、与良と父以外には話していない。世間にはオメガ相手なら何をしても構わないと思っている者が少なくなく、攻撃を恐れて瑛理は蓮の存在を隠した。蓮にもできる限り一人で外出しないよう言い、榊のオフィス——蓮はその後榊のもとに戻った——までは与良に送り迎えをさせた。与良は始めこそ嫌な顔をしたが、すぐに納得した。大手を振って「オメガと一緒にいます」と言われるより、隠す方が得策と考えたのだろう。

二人の生活は順調だった。２ＬＤＫの部屋に二人暮らし。寝室は同じにした。

蓮の発情期は、まだ来ていない。だが発情期でなければセックスしてはいけないというルールもないため、引っ越して早々に蓮を抱いた。

最初に蓮を抱いた記憶が、瑛理にはない。だが色んな話を総合すると「抱く」というより「犯した」気がするし、何より瑛理に記憶がないため初回にカウントできない。

「俺は初めてになるんだけど」

童貞のようだと思いつつ緊張気味に言うと、「俺も二回目ですよ」と蓮は笑った。

蓮に発情期が来たのは、それから二週間後のことである。そろそろだろうとは思っていたが、いざ迎えると何もかも初めてで瑛理はどうしていいか解らない。

「子供が産まれるわけじゃないんですから」

午前中、蓮は笑って仕事に行く瑛理を送った。確かに慌てすぎかもしれない。瑛理は冷静になろうと言い聞かせつつ働いたが、いざ帰ってくると大変なことになっていた。

まず瑛理が玄関の扉を開けると、舞台の上で嗅いだ香りよりもっと強烈で甘い匂いがした。クラクラしつつも理性が保てたのは、蓮がもう自分のものになった安心感と、頻繁に身体を重ねていた余裕のおかげだろう。それにしても、部屋中を満たすこの匂いが他のアルファを寄せ付けないか心配になる。

匂いに誘われるままに廊下を進むと、蓮は寝室にいた。二人で寝るために買ったダブルベッドの上で、蓮は丸まっている。それだけでなくクローゼットからありったけの瑛理の服を引っ張り出したようで、衣服をクシャクシャに丸めた山の上に蓮がいた。

扉の前で固まっていると、気づいた蓮は頬を赤くし、寝具に転がったまま瑛理を見る。

「すみません……我慢、できなくて」

「俺の匂い探して、クローゼットから引っ張り出したのか？」

恥ずかしそうにコクリと頷く蓮が、とにかく可愛い。瑛理の知っている蓮はものおじしない性格で、はっきりものを言う仕事にもストイックな男だった。だが今目の前にいる蓮はどこか子供のようで、それでいて性的で甘えたな雰囲気を持っている。

瑛理はジャケットを脱ぎ捨て、ベッドに乗り上げた。とろりと瞼を落とす蓮を抱え上げ、ぎゅうと抱きしめる。

「発情期って、お前そんなになるんだ」

シャツから露わになる頸を、瑛理は甘く噛む。それだけで感じているのか、蓮はびくりと身体を震わせ、瑛理の着ているシャツを掴んで震えている。

「全然いつもと違うじゃん。ま、俺も全然いつもと違うけど」

瑛理は蓮の手を持つとぱくりと口に含み、指をしゃぶる。それから自らの勃起した性器にその手を運び、己の興奮を伝えた。

「ほしいか?」

「ほしい、です」

涙を溜めた瞳が、早くと瑛理に訴える。瞬きと同時に溢れた涙をぺろりと舐めて、瑛理は蓮にキスをした。押し倒して、シャツの隙間から手を差し入れて愛撫する。シャツを脱がせてやった方がいい気がしたが、我慢できなかった。キスをして舌を差し入れると、蓮も舌を絡めて応えた。少し唇を離すと蓮は瑛理の首に手を回し、もっともっとキスを求める。

それに応えながら、瑛理は蓮のシャツのボタンを外した。キスに夢中になる蓮を引き剥がして、シャツを脱がせてやる。脱がせたそれを放り投げると、再び蓮をベッドに沈めた。

と言ってもベッドの上は瑛理の服が山積みになっていて、衣類に埋まることになる。

パンツのボタンを外して下着の中に手を入れると、蓮の性器は勃起し、先走りを零していた。瑛理は蓮を抱え自分の上に乗せるとパンツと下着を脱がす。後孔に手を伸ばすと、そこは濡れていた。指を差し挿れると簡単に飲み込み、内壁がうねって中へと誘ってくる。これだけ柔らかければ、慣らす必要もないだろう。瑛理は下着と一緒にパンツを脱ぐと、勃起した性器を蓮の後孔に擦り付ける。それだけで、蓮は腰を揺らして瑛理を求めた。

「蓮、挿れるからな」

足を抱え上げ、脹脛《ふくらはぎ》にキスをする。汗ばんだ足は少し塩辛いのに、甘く感じてしまう。

瑛理は一気に、蓮の中に押し入った。

「は……っ、あっ」

背を反らして跳ねた身体を、瑛理は抱きしめる。奥深くを突きながらキスをすると、蓮はとろけた瞳をそっと閉じた。瑛理の首に抱き付いて、足を瑛理の腰に巻き付ける。自ら腰を揺らす姿は淫らで、一際強く奥を突くと、蓮はたまらずキスから逃げた。

「はぁ、えいりさ……、きもちい……っ」

「ああ、俺も気持ちいいよ」

「奥、ぐりぐりされるとイっちゃ……」

「お前なぁ、そうやって煽るなよ」

「だって……」

普段、蓮は「だって」などと言わない。性欲が頭を支配して、幼子のようになっている。だがこういう可愛らしい姿は滅多に見られないから、これはこれで愛おしい。

「奥まで突いて、孕ませてやるからな」

抱き付く蓮を抱き返しながら、瑛理は激しく抽送を繰り返す。感じれば感じるほど蓮から放たれるフェロモンの匂いは強くなり、瑛理は我慢できずに蓮の鎖骨に噛み付く。歯跡がついたそこを舐めて吸い付きながら、赤く熟れた乳首を指先で摘んで引っ張る。同時に蓮の中がきゅうと締まり、瑛理は蓮の中に射精した。

蓮の身体がビクビクと跳ね、力が抜けていく。中で達したのだろう。勃ち上がっていた性器から、とろりと精液が垂れる。蓮は気持ちよさそうに赤い唇を薄く開き、達したばかりなのにまた手を伸ばし瑛理を求めてくる。

「もっと……」

蓮は瑛理の手を握り、スリスリと頬を寄せる。

「もっと、欲しいです」

甘く瑛理の指を噛み、舐めて誘う。瑛理は応えた。瑛理とて、まだ満足には程遠い。蓮の手に自分の手を重ねて握ると、体重を掛けてシーツに押し付けた。押さえ込みながらキスをして、唾液を流し込む。舌を絡めると余計に互いの匂いを感じ、興奮した。

「俺も、全然収まんねぇから」

蓮の鼻に自分のそれを擦り付けながら、瑛理は息を荒くする。

「明日、起き上がれなくても怒るなよ」

喉を甘噛みすると、また強く匂いを感じる。その匂いに酔いながら、瑛理は互いの意識が朦朧《もうろう》とするまで蓮を抱いた。


三日後。発情期が終わると、またいつもの日常に戻った。ベッドも服も滅茶苦茶になったため、その辺りのものは纏めて洗濯機に放り込む。

「すみません」

失態だったとしょぼくれる蓮が可愛くて、瑛理は笑ってしまった。

瑛理の父がマンションを訪ねてきたのは、それから一週間後のことである。想定外の訪問に驚きながらもリビングに通すと、父は「話したいことがあった」と言った。

「お前の記憶操作のことだ」

父は深く息を吸って、膝の上で手を組む。

「お前を生かすために記憶を消してオメガ嫌いの思想を播植したのに、行き着く結果は同じだった。これが番の強さなのか、それともお前の執念なのか情熱なのか。それは解らないが、不思議なものだ。ただ私は、お前を不幸にしたかったわけじゃない。結果的にそうなってしまったかもしれないが……それだけは理解してくれ」

「別に、不幸だなんて思ってない」

謙虚な父は珍しかった。それに父は、憑《つ》き物《もの》が落ちたような顔をしている。

「ずっと好きにやらせてもらってたんだ。感謝だってしてる」

「そうか。今お前が幸せならそれでいい」

「幸せだよ」

「彼とは、このまま一緒に暮らすつもりなんだな」

父は、ちらりと廊下の方を見る。奥の部屋には、「彼」がいる。

「そうなれば、お前は私や母さんを看取ることはできんだろう。それでも、彼と共にあると決めたんだな？」

「そのつもりだよ」

「そうか。そう決めたのならそれでいい」

父は今五十六歳。瑛理があと三十年しか生きられないとしたら、恐らく父より先に死ぬ。覚悟はもちろん出来ているが、それを父が認めてくれるのなら嬉しい。

「それなら、華南さんのことは私に任せなさい」

だが続いた言葉に、瑛理は驚いた。そういえば、華南には何の説明もしていない。

「元々私が蒔いた種だ。だから婚約の件は私がどうにかしよう」

「どうにかって、どうするんだ」

「白状すると、彼女との婚約は菱川医師の件を隠してもらったことの代価だった」

覚えのない名に眉を寄せると、「お前に思想播植手術をした医師だ」と説明される。

「三年前、違法手術の一斉摘発があっただろう。その時、菱川は私に助けを求めてきた。摘発されないよう手を回さなければ、お前の手術のことをマスコミにバラすと脅してきてな。当時、お前は既にスター俳優だったし、何よりお前に事実を知られるわけにはいかなかった。だから私は華南さんの父、鴨原《かもはら》次長に頼んで菱川医師を早々に摘発してもらった。外で騒がれるより、檻の中に入れた方が情報が漏れないと思ったからだ。証拠品の中からお前に関する資料を削除してもらい、菱川医師を逮捕してもらったのだ」

華南の父は、警察庁次長。確かに華南の父であれば、父の要望を叶えることができる。

「その見返りが、華南と俺の結婚だったのか」

「金を用意すると言ったが、それよりも娘を引き取って欲しいと言われたよ。鴨原の家はアルファの家系。アルファの血を大事にする家では、ベータの女など貰い手がいないと困っていたようだ。彼女は唯一のベータだ。鴨原次長は、彼女をどう処理すべきか困っていたようだ」

このことを話したかったから来たのだと、父は椅子を引いて立ち上がる。

「それと、お前が幸せなのかどうかが知りたかった。彼に、ありがとうと伝えてくれ」

「俺を幸せにしてくれてありがとうって？」

「私の目を覚まさせてくれたことだ」

父は視線を落とす。

「次は、ちゃんと挨拶をするつもりだ。勿論、彼が嫌ではなければだが」

「蓮はそういう奴じゃない」

「だろうな」

珍しく父は少し笑い、部屋を後にする。玄関まで送ろうとしたが、父は断った。


その後、父の「任せなさい」という言葉の意味を知ったのは、与良から「事前に言ってください」と送られてきたURLのニュースを見た時だった。父の訪問から僅か五日後。華南がキャンペーンガールを務める飲料の取材の際、瑛理との破局を発表したのである。

華南は「お付き合いを解消しました。今後も良いお友達です」と笑顔で言っていた。瑛理は何も知らされておらず、マスコミに追われても何も答えられなかった。

そんな華南が瑛理の仕事現場を訪ねてきたのは、ニュースが出た翌日のことである。雑誌の撮影が終わった午後三時過ぎ、スタジオの出口に現れた。

「少し話せるかしら？」

むしろ話を聞きたいのは瑛理の方だったため、すぐに了承した。落ち着いて話せるようにと、二人でタクシーで喫茶店まで移動する。

「驚いたでしょう」

二人分の珈琲が運ばれてくると、華南は優雅にカップを傾けた。

「突然ごめんなさいね。でも瑛理だって、お父様と話してたでしょ？」

「確かにしてはいた。けど、こんな話になるなんて聞いてなかった」

「じゃあどうなると思ったの？」

「どうなるって……」

「瑛理の希望だったんでしょう？　満足してるはずだわ。だってアナタ、私のことなんて全然好きじゃないじゃない」

「それは――」

「でも、私だってアナタのことなんて好きじゃなかった。顔も好みじゃないし、話だって合わない。食事の好みも違うしね。それでも私に相応しいアルファだとは思ってたわ」

普段、華南は感情的にものを言う。だが今の華南は、ひどく落ち着いている。

「私はね、ずっと家で虐げられてきたの。世の中にはこんなにベータが溢れてるのに、あの家の中のベータは、本当に惨めで惨めで。お母さんには何度も泣かれたわ。私を憐れんでじゃない。自分が周囲から責められることを悲しんで泣いていたの」

華南は微笑みながら、テーブルに置いた珈琲カップの縁を指先でなぞる。

「ずっと、家族として認められなかった。私は一家の面汚し。アルファに産んでくれなかった母を憎んだし、恨んだわ。でもある日、父がアナタとの縁談の話を持ってきてくれたの。アルファとの縁談が来るなんて、思ってもみなかった。父だけが私を憐れんで、私を救ってくれたんだと思ったわ。瑛理のお父様と父の間に取引があったことは解ってたけど、どうでも良かった。アナタと結婚すれば、全ていい方向に向かうと思っていたから」

華南はカップをなぞっていた指を、ぴたりと止める。

「でも一週間前、アナタのお父様から婚約破棄の申し出があった。アナタのお父様はたくさんお金を積んでくれたみたいだけど、父は絶対に納得しなかった。ああ、父はそんなに私のことを想ってくれているのねって感動したわ。でも聞いちゃったのよね。『金の問題じゃない、ベータの貰い手がいないことは解っているでしょう』って話してるのを」

クスクスと、華南はおかしそうに笑う。

「父は、私のことを想ってなんかいなかった。厄介払いがしたかっただけ。心のどこかで解ってはいたけど、はっきり聞いちゃうとダメね。頑なに父は断っていたけど、私が勝手に破棄することにしたの。だからあの会見は、誰にも事前に話をしてないのよ」

「そう、だったのか」

「瑛理にも言わなかったのは申し訳なかったけど、別にアナタは困らないでしょ」

背もたれに背を預け、華南は足を組む。

「もう、家とは縁を切ることにしたわ。アルファなんかに頼らなくても生きていける、強い女になりたいから」

そういうことを言うイメージが、華南にはなかった。高慢で地位にしがみ付き、周囲の人間を見下して生きていると思っていた。だが今の華南は、どこか吹っ切れた顔をしている。

「その方がいいな」

瑛理の素直な感想だった。

「初めからお前がそういう女だったら、俺も少しは好きになったかもしれない」

「あら、失礼ね。少しなの？」

「少しだよ」

「でもこれで、今後は『良いお友達』くらいではいられるかしら？」

「そうだな」

華南と、こんな終わりを迎えるとは思っていなかった。だが悪くない気がする。

瑛理の携帯電話が鳴ったのは、丁度話がひと段落したところだった。スマートフォンを取り出すと、ディスプレイには父親の名前がある。手で待てと華南に伝え、通話ボタンを押す。するとすぐに繋がった電話からは、想像したより大きな声が響いた。

「おい瑛理！　お前、今何をしてるんだ！」

焦った様子の声に、瑛理は眉を寄せる。

「何って、華南と会って話してる。親父も知ってるだろ。この前、華南が会見で――」

「そんな話は後でいい！　騒ぎを知らんのか！」

何の話をしているのか、瑛理はまったく解らない。だが父の声が大き過ぎて漏れ聞こえていたのか、華南が自分のスマートフォンを瑛理に差し出してきた。

「瑛理！」

見せられたディスプレイには、動画が流れている。だが瑛理は、その動画を最後まで見ることができなかった。血の気が引いていく。鼓動が速くなり、指先が震える。

瑛理は席を立った。ネットに上げられたその動画には、蓮が映っていた。

＊＊＊

タクシーに乗ってから、瑛理は改めて動画を見た。『瑛理を誘惑したオメガに制裁する』とテロップの付いたその動画は、本当なら見るのも悍ましい。

動画は、蓮の後ろ姿から始まった。カメラを構えた何者かが背後から蓮に近づき、「瑛理さんの知り合いですか？」と尋ねたところで蓮が振り返る。と同時に、蓮は伸ばされた手によって首元を露わにされた。

『ヤバい、ほんとに首輪あるじゃんコイツで確定っしょ！』

楽しげな女の声と、それを笑う声。相手は複数人いることが解る。蓮は一瞬驚いた表情をして、その直後には逃げようとしている。だが逃げ切る前に、蓮はどさりとその身体を地面に落とした。カメラは蓮を上から撮り続けている。

『ウケる、ほんとに発情してる』

女たちの楽しげな笑い声の通り、蓮は呼吸を荒くして苦しそうに地面に伏していた。

「くそっ」

後部座席で悪態をつくと、運転手がびくりとバックミラーから瑛理を見た。だが瑛理は謝罪する余裕がなく、動画を流し続ける。

動画に付随するコメントには「華南ちゃんの破局の原因ってこいつ?」「やっぱオメガやばすぎ」「瑛理を騙すとか許せない」と蓮を攻撃するコメントがついている。

見るに堪えないものだったが、それでも再生を続けているのは蓮の居場所を特定するためだった。蓮は女たちに引き摺られ、裏路地に連れ込まれる。その場所は明確に書かれていないが、瑛理には何となく解る。瑛理のマンションからほど近い、緑が多い公園だろう。

オメガへのヘイトクライムは、珍しいことではない。だが瑛理の有名税が加わっているせいで、余計に過激なものになっている。

動画は蹲る蓮が公衆トイレに引き摺り込まれたところで終わった。くすくすと楽しげに笑う女の声にぞっとしていると、丁度タクシーが止まった。

「お客さん、このあたりですか？」

頷き礼を言って、瑛理はタクシーを飛び降りる。

道路を走り、目的地の近くでスピードを落とした。視界に入った光景は動画のものと一致していて、瑛理は公園の奥に向かう。奥に公衆トイレがあったことも、瑛理は初めて知った。男女の入り口で少し迷って、笑い声が聞こえる女性トイレを選ぶ。

中に入るなり、瑛理は眉を寄せた。女が四人ほど、寄ってたかって個室の中にスマートフォンを向けキャッキャと声を上げている。その先から、蓮の匂いがする。

「何してる」

瑛理の声と同時に、女たちは一斉に振り返る。その表情が驚きからすぐに喜悦のものになって、瑛理は吐き気がした。

「えっ、ヤバい。本物？」

「退け」

自分の声が、これほどどす黒くなるものなのかと瑛理は驚いた。びくりと震えて一歩下がった女たちを、瑛理は押し退ける。中を覗くと、蓮がいた。完全に発情期の症状で、蓮からは覚えのある甘い匂いがする。

（あの時と同じか）

何の前触れもなく急に発情した蓮を、瑛理は見たことがある。華南が誘発剤を持ってきた時だ。

「瑛理さん、ごめんなさ……」

「馬鹿、謝るな」

熱の籠った声で謝罪する蓮を、瑛理は抱き寄せる。強制的に引き起こされたものとは言え、発情期の匂いはきつい。それでも少しでも蓮を安心させたくて、強く抱いた。

「あのぉ、瑛理さん」

蓮を抱え帰ろうとしたところで、背後から女の声がする。瑛理が鋭い視線を向けると、女はびくりとしながらも引き下がらなかった。

「私たち、瑛理さんがオメガに騙されてるのが許せなくて、目を覚ましてほしくて」

「そうか、解った。今すぐ消えてくれ」

「そんな穢らわしいオメガ、近寄っちゃだめです。元の瑛理さんに戻ってください！」

「消えろって言ってんだろ！」

瑛理が叫ぶと同時に、ピロンと動画を撮る音がする。瑛理は心底うんざりしたが、もう構ってられなかった。瑛理は蓮を抱いて立ち上がる。

「すぐに、医者を呼ぶ。もう少し我慢してくれ」

「瑛理さん」

抱き上げると少し安心したのか、蓮は先ほどより落ち着き瑛理に頭を擦り寄せてくる。

「医者は、大丈夫です」

「何言ってんだ。すぐに診せて――」

「医者は大丈夫です。抱いてください」

　ぎゅっと、蓮の手が瑛理のシャツを握る。瑛理はごくりと唾を呑んだ。以前同じようなことがあった時、蓮は瑛理を突き飛ばした。それは瑛理のためを思ってのことだろうが、今こうして自分に甘えて助けを求めてくることに酷く安心する。

　背後で「嘘でしょ」と声がしたが、もうどうでもいい。今はとにかく、家に帰りたい。


　蓮を抱えたまま自宅マンションまで帰ると、その足でバスルームに向かった。二人入ればそれなりに狭いが、汚れた蓮の身体をどうにかしなければならないし、互いに昂った欲求も処理しなければならない。

　シャワーを上から流しっぱなしにして、その下でキスをする。ボディーソープの匂いと湿度のお陰で、先ほどより匂いが弱くなった。それでも互いを求める本能は止まらない。貪るように口付けを交わして、その身体を抱きしめた。

「手、壁につけるか？」

　尋ねると蓮は素直に頷いて、瑛理に背を向ける。何も言わずとも蓮は少し前屈みになり、腰を突き出した。

「ン……っ」

丸い尻に性器を擦り付けてやると、蓮はひくりと震える。物欲しそうに動く腰を押さえつけ、その期待に応えるべく瑛理は性器を押し付ける。十分に濡れた後孔は、難なく瑛理のものを飲み込んだ。

「ふ……、ぁ……っ」

壁のタイルに必死に縋りつきながら、蓮は甘い声を漏らす。腰をがしりと掴んでゆっくり奥まで挿入すると、瑛理は一度腰を止める。

「瑛理さ……、はやく、うごいて」

振り返り、物欲しそうに涙目で訴える蓮に、瑛理はどきりとする。挿入していたそれを一層大きくすると、蓮が少し苦しそうに震えた。

「お前なぁ、ただでさえフェロモンの匂いでキツいのに、煽んな」

「ンンッ、はぁ、ああ……っ」

一度引き抜いて一気に奥まで挿れてやると、蓮は気持ちよさそうに腰を突き出す。崩れ落ちそうになる蓮を支えながら、瑛理は激しく抽送を始めた。

「はぁっ、あっ、んああっ」

発情中のセックスは普通のセックスと明確に異なり、気持ちよくなることしか考えられなくなる。そのせいで蓮はずるずると身体が崩れるのも気にせずに、中をきゅうと締めて

喘ぐ。瑛理は一際強く奥まで挿入し、後ろから頸を噛んだ。既に噛み跡はあるが、発情期になると頸から甘い匂いがして、無意識に噛み付いてしまう。

「ふ、ぁ……っ」

その痛みにも感じるのか、蓮はびくりと身体を震わせ身体を弛緩させた。崩れ落ちる蓮の身体を、瑛理は背後から抱き支える。蓮の身体には力が入っていないから、このまま続けるのは無理だろう。瑛理はゆっくりと性器を引き抜く。抜ける瞬間、蓮は切なそうに声を漏らし、潤んだ瞳で瑛理を見つめた。

「ア……、なんで……」

「何でじゃないだろ」

可愛い顔しやがってと思いながら、蓮の身体を反転させて自分に向き合わせる。

「危ないだろうが。掴まってろ」

正面から抱きしめると、蓮は素直に瑛理の首に抱き付いてくる。蓮の匂いを強く感じて、瑛理も興奮した。足を抱えて蓮の身体を持ち上げると、ゆっくりと己の性器へ沈める。つぷりと先端が埋まると、蓮はより強く抱き付いてきた。背を壁に少し預けさせて、下から突き上げる。

「はぁ、あっ、きもちい……」

「蓮……っ」

蓮の勃ち上がった性器が瑛理の腹に触れる。擦れる感触が気持ちいいのか、腹に擦り付けるように腰を動かして甘く喘ぐ。それが瑛理も気持ちいい。

抱きしめる体温、甘い匂い、熱くうねる内壁。

どれもが快楽を煽り、瑛理も限界を迎える。やがて蓮を強く抱きしめながら、瑛理は蓮の中に射精した。それを中で感じたのか、蓮もビクビクと身体を震わせて達する。その身体を暫く抱きしめてから、瑛理は性器を引き抜いて蓮を下ろした。

だが、蓮の身体は相変わらず力が入っていない。ぺたりと座り込む蓮に合わせて、瑛理も座り込んだ。濡れた額にキスをして、鼻、唇と口付ける。心地良さそうに目を細める蓮が可愛くて、何度もキスをした。

蓮は、もう随分落ち着いている。本当の発情期なら、こうはいかない。理性を失った獣のように、制御がきかなくなる。だが人為的に作られた発情期は、一時的なフェロモンの放出と興奮はあるが、それだけだった。

もう一度シャワーを浴びて身体を綺麗にしてから、寝室に向かった。まだ午後七時を過ぎたばかりだが、ベッドに横たえると蓮はすぐに眠りに落ちる。

だが、瑛理は眠らなかった。蓮が落ち着いたのは良かったが、まだ問題が残っている。

誰が蓮を襲ったのか、誰がこの場所を漏らしたのか。同じことを繰り返さないためにも、手を打つ必要がある。

まずは警察に連絡をするか。そう考えていると、電話が鳴った。

発信者は与良だった。そういえば、何度か着信があったが対応する余裕がなく放置していた。動画を撮られていたし、それなりに騒ぎになっているのだろう。

「瑛理さん、大丈夫ですか?!」

通話ボタンを押すと、与良が叫ぶように言った。

＊＊＊

一夜明けた、朝。

リビングのテレビを点けると、ワイドショーで瑛理のニュースが流れていた。その番組を蓮はキッチンから、瑛理はダイニングテーブルから、そして与良はソファから眺めている。

昨夜電話を終えたのち、与良はすぐにマンションを訪ねてきた。

「近所の住民が、瑛理さんと蓮さんが歩いているのを何度か見かけたそうで。ネットで暴行をするよう呼びかけたようです」

犯人は瑛理のファンの女性で、既に逮捕されているらしい。

昨夜は殆ど寝ずに、与良と今後の対応を決めた。その結論は会見ですべてを公表し、今後何かあれば法的に対処をする、と強い態度に出るというものだった。明け方日が昇る頃、社長を説得して合意している。

朝食を食べ、正午過ぎに瑛理は家を出た。外にゴシップ誌の記者がいたが、与良が押し退け車に乗せてくれた。会見会場のホテルは、事務所が押さえてくれている。

午後零時五十五分。会見を始める五分前、蓮からメッセージが届いた。

『帰りに鶏肉を買ってきてください。ネットスーパーで買い忘れました』

メッセージには、がんばれの一言もない。だが、これが蓮なりの励ましなのだろう。

蓮のメッセージに少し笑ってから、瑛理は一人会場に入る。会場では想定以上のカメラが待ち受けていて、与良から聞いてはいたが中々壮観だった。

「では、これより記者会見を始めます」

司会進行の女性の声に始まり、質疑応答を入れておよそ一時間。

瑛理は蓮との関係を公表し、番関係にあることも明かした。会場はざわつき攻撃的な質問も飛んだが、瑛理は冷静に対処し、会見は滞りなく終わった。

その後、瑛理は帰路についた。与良の車で、自宅マンションへと向かう。だが鶏肉のことを思い出して途中で降ろしてもらい、あとは自力で帰った。

「ただいま」

家の玄関を潜って声を掛けると、スリッパの音を立てて蓮が出迎えに来る。

「おかえりなさい」

「お前さぁ、会見の足で鶏肉買ってこいはないだろ。店員にすげぇ見られた」

「ですよね」

苦笑して蓮はスーパーの袋を受け取り、今夜はカレーだと言う。

「会見見た？」

荷物を置いてリビングに行くなり、瑛理は尋ねた。蓮はカウンターキッチンで料理中で、手を動かしながら「いえ」と首を振る。

「見てないです」

「舞台に立ってる俺以外には興味ないって？」

「そんなことないですよ。でも見なくても、瑛理さんが変なこと言わないってことくらい解りますし、緊張してトチってる瑛理さんを見るのも申し訳ないなと思って」

「はぁ？　トチってなんかねぇよ」

「そうですか？」

くすくすと笑いながら、蓮は料理を続ける。

やがてカレーができあがると、二人で向き合って食事をした。「美味《うま》い」と言うと、蓮は「カレーは誰が作っても美味《おい》しいんですよ」と笑った。

この家に引っ越してきてから、蓮はよく笑うようになった。いつも楽しそうにして、些細なことでも喜ぶ。そういう姿を見ていると、自然と瑛理も頬が緩む。

「どうかしましたか？」

スプーンを止めてじっと蓮を見ていたせいだろう。蓮が不思議そうに首を傾げる。

「何か、気になることでもありました？」

「いや……？」

瑛理は本格的にスプーンを置いた。蓮もスプーンを止めじっと瑛理を見る。

「でも何でもないって顔、してないですよ」

「あー、そうだな。何でもなくはない」

「じゃあ何なんです？」

「結婚するか」

特に、考えていた言葉ではない。だが蓮との関係をオープンにしたし、どうせならちゃんとした関係を持ちたいと思った。蓮は一瞬驚いた表情になったが、すぐに元の顔に戻る。

「今のこの国の法律では、同性婚はできてもオメガとアルファの婚姻は禁止されています」

割と感動的なことを言った気がするのに、蓮は現実的だ。

「解ってるよ。けど形だけでも式あげて、一緒に住んで、子供も作ってちゃんとした家庭にしたいなって思ったんだよ」

瑛理が言うと、今度こそ蓮は目を丸くして驚いた。

「何だよ。俺が家庭を求めるのは意外か？」

「いえ……全然、意外ではないです」

蓮は首を振る。

「そうか？　俺はそれが意外だ」

「どうしてです？」

「よく、家庭とは無縁そうって言われる」

「俺はそんなことないと思いますけどね」

「そうか？」

「瑛理さんは、子供がほしいんですか？」

「別にほしくなかったけど、お前の子供は見たいしほしいかな」

「そうですか」

蓮は、考え込むように動きを止める。だが否定的ではなさそうだった。

「それでいつか、アルファとオメガは結婚できないって話が化石みたいな話になる日が来たら、ほんとに結婚しよう」

ダイニングテーブルが大きくて、手を握るには少し距離がある。それでも手を伸ばすと、蓮も手を伸ばし瑛理の手に触れてきた。その手を、瑛理はぎゅっと握る。

「で、お互い爺さんって呼べる年になる前に、子供に看取られて死ぬ。お前の葬式には、俺がお前の作ったスーツを着てやるよ。その前に、俺はもう一回賞を取んなきゃなんねぇけど、まぁもう一回と言わず何度でも取ってやるから、お前も気合入れてスーツ作れよ。で、最後は同じ墓に入る。悪くないだろ？」

強く握った蓮の手が、ぴくりと動く。その手は応えるように、瑛理の手を握り返した。

「そうですね、悪くないと思います」

間にテーブルがなければ、きっとキスをしていた。だが口の中はカレー味だし、目の前にもまだカレーがある。まずは机の上の食事を平らげ、片付けなければならないだろう。

30 years later

この日昼過ぎから降り始めた雨は、午後八時になった今もまだ続いている。土砂降りではないが十二月ということもあり、冷たい雨はより気温を下げている。

昼過ぎに始まった母の葬儀は無事終わり、陽が落ちる前には骨壷を持ち帰った。既に父の仏壇があるから、母の骨壷はその仏壇に置いた。仲のいい夫婦だったから、母も居心地がいいだろう。何より生前、恥ずかしくなるほど母を大事にしていた父の方が、母が来るのを待っていたかもしれない。

その仏壇に、最上瑠衣《るい》は手を合わせた。

父瑛理と母蓮は、三十年前に瑠衣を産んだ。当時オメガの出産は珍しく、瑛理が芸能人だったこともあり随分騒がれたという。周囲から反発や非難もあったらしいが、瑠衣は何も知らずに育った。小学生になるとそういう空気を感じたが、父も母もそんなことを忘れるくらい愛情を注いでくれた。父方の祖父母、それに母方の祖父が可愛がってくれたことも大きい。

瑛理と蓮は長く共に暮らしながらも、戸籍は別籍だった。法律が改正され籍を入れられたのはつい二年前。二人で区役所に行くと言った時、本当に幸せそうにしていたのを瑠衣は覚えている。

そんな瑛理も一年前、六十一歳で他界した。周囲の者も息子の瑠衣ですらも、蓮の方が先だと思っていたから驚いた。だが本人と蓮は、何となく察していたらしい。

「俺の作ったスーツを着て、お葬式に出てくれると言っていたのに」

穏やかに微笑んで、蓮が瑛理の棺に花を入れていたのが印象的だった。

その蓮も、二日前に他界した。瑛理の死から一年足らず。本当に追うように旅立ったと、瑠衣は少し感慨深い。

今日は蓮の葬儀を終えたばかりで、仏間には線香の匂いが漂っている。瑛理が着れなかった、蓮の作ったサイズの合わない喪服を着て、瑠衣は葬式に出た。

本当は葬式が終わったから、喪服を脱いでも構わない。だがこれから来訪する女性にはこの姿を見せておこうと、瑠衣は今もそのままで過ごしている。

そろそろ来るかどうか。瑠衣が時計をチラリと見ると、丁度インターフォンが鳴った。

「今行きます」と声を上げて玄関を開けると、初老の女性が喪服を着て立っている。

「こんばんは」

父と母と長く交流のあったという、衣裳デザイナー。このアリサという女性は、子供の頃に何度も会った覚えがある。赤子の頃の写真を見ながら、母が「このスタイは全部アリサさんが作ってくれたんだよ」と教えてくれた。流石にスタイまでは記憶にないが、誕生日の度に玩具を贈ってくれていたから、長く会っていなくても瑠衣は覚えている。

歳を取ってふくよかになったが、アリサは齢の割に元気だった。特徴的な大きな目が、今日もキラキラしている。

「ごめんなさいね。こんな夜遅くに」

「とんでもない。足元の悪い中、ありがとうございます」

「本当は式に参列したかったのだけれど、どうしても昼間に出られなくて」

アリサは申し訳なさそうに、扉を潜る。礼服が、少し濡れている。瑠衣はタオルを用意するため中に戻ろうとしたが、しかしアリサは玄関灯の下で瑠衣を見るなり「まぁ」と感嘆の声を上げた。

「素敵な喪服だわ。それ、蓮くんが作ったの？」

蓮の若い頃の夢を聞いていたのだろう。ただの喪服なのに、アリサはすぐ気付いて頬を緩めた。

「とても似合っているわ」

「ありがとうございます。急いで合わせたので、少しサイズが大きいままなのですが」

この喪服は、元々瑛理のために作っていた。ズボンの裾こそ直したが、瑛理ほど身長が伸びなかった瑠衣には大きい。

懐かしむように、アリサは目を細める。だがいつまでも玄関に留めるわけにいかず、瑠衣はアリサを中へ案内した。

「どうぞこちらへ」

靴を脱いだアリサを、静まり返った部屋の奥へと案内する。仏壇を置いているのは、蓮が好んで敷いた琉球畳の部屋だった。落ち着いた部屋がほしいという父のために、母があれこれと手配していた。天井には黒竹をあしらい、和紙でできた照明を付けた。壁には飾り棚があり、昔はよく花を飾っていた。

「まぁ」

その部屋に入るなり、アリサはまた声を上げた。大抵、この部屋を初めて見た人間はセンスの良さに感動する。アリサもそうだろうと、母の拘りを説明するために瑠衣は振り返った。

しかしアリサの視線は部屋ではなく、仏壇に向いていた。そこには、瑛理と蓮の写真がある。アリサの目は写真に釘付けで、目を潤ませている。

「とても、幸せそうな顔ね」

ぽたりと、アリサの目から涙が溢れる。

「本当に幸せそうだわ。瑠衣くんみたいな素敵な息子さんがいたんだもの。当然よね」

外からは、雨が地面を打つ音が響く。だが先ほど見た天気予報では、夜半過ぎには止むと言っていた。アリサが帰る頃には、きっと雨は上がっているだろう。

■あとがき■

こんにちは、はじめましての方ははじめまして。片岡と申します。

このたびは数ある本の中から『過去のないαと未来のないΩの永遠』をお手に取っていただきまして、ありがとうございます。

三冊目の書籍となったのですが、こうして発行いただけたのも応援してくださった読者様のお陰です。本当にありがとうございます。


今回は全編通して、シェイクスピアの戯曲を添える形となりました。『タイタス・アンドロニカス』は私がシェイクスピア作品に触れるきっかけとなった作品なのですが、当時まだ若かったこともあり、あまりに残酷で暴力的でなかなかの衝撃を受けたのを覚えています。同じ悲劇でも『オセロー』は台詞で刺してくるタイプなので、違いが面白いですね。私はどちらも好きです。

瑛理と蓮の恋も戯曲と共に進みましたが、如何でしたでしょうか。個人的にはアリサのラストシーンが結構気に入っています。あと最後のカレー食べてるシーン。特別豪華でもない普通のご飯を大切な人と美味しく食べるというのは、何となく幸せの形の一つかなと思っています。この二人はどちらもそれなりに料理ができそうなので、毎日美味しくご飯を食べてくれそうです。

そして元々この話はプラス八〇ページ程あったもので、長くお付き合いくださった担当さんには感謝しかありません。ありがとうございます。また繊細で美しい世界を描いてくださったｙｏｃｏ先生、ありがとうございました。キャララフだけでも本当に素敵で、ずっと執筆の支えになりました。

最後までお読みいただきまして、ありがとうございました。ご感想など、ひとことでもいただけると大変喜びます。

またどこかでお会いできますように。

初出
「過去のないαと未来のないΩの永遠」書き下ろし

CHOCOLAT
BUNKO

この本を読んでのご意見、ご感想をお寄せ下さい。
作者への手紙もお待ちしております。

ショコラ公式サイト内のWEBアンケートからも
お送りいただけます。
http://www.chocolat-novels.com/wp_book/bunkoenq/

過去のないαと未来のないΩの永遠

2022年10月20日　第1刷

著　者:片岡
発行者:林 高弘
発行所:株式会社　心交社
〒171-0014　東京都豊島区池袋2-41-6
第一シャンボールビル 7階
(編集)03-3980-6337 (営業)03-3959-6169
http://www.chocolat_novels.com/
印刷所:図書印刷 株式会社

いつかあなたに逢えたなら

片岡

イラスト・yoco

僕にとって律さんは、唯一の思い出でした。

疎遠だった父が死に、桐ヶ谷律は父が子供を売買する犯罪者だったことを知る。父の屋敷には、かつて〈商品〉だった美しい青年・蒼生が遺された。戸籍もない蒼生を追い出す訳にいかず、二人はともに暮らすことになるが、律は娼婦だった蒼生を嫌悪し冷たくあたった。しかし何故か蒼生は「お役に立ちたい」と懸命に尽くしてくる。一方通行の関係は、律が友人に裏切られ、怒りをぶつけるため蒼生を抱いた夜から変わりはじめるが——。